Originariamente pubblicato da Edizioni Psiconline nel 2012.
Questa edizione è pubblicata su licenza di Edizioni Psiconline
– Settore Editoriale di Psiconline S.r.l.

I edizione Lit: marzo 2013
I ristampa: maggio 2013

Sede operativa: Via Isonzo 34, 00198 Roma
Tel. 06.8412007 - fax 06.85865742

Massimo Bisotti

La luna blu

Il percorso inverso dei sogni

ultra

Ai miei veri amici.
Alle persone che mi amano
e mi hanno amato davvero.
Non siamo fatti per stare da soli
*ma nemmeno per stare con chiunque_*

I

Credo che l'amore abbia un punto di non ritorno, un punto che una volta varcato non ci permette di tornare indietro. È in quel preciso istante che ci si spoglia dei vestiti razionali e ci si tuffa in mare, dimenticando il salvacuore, anche se non sappiamo nuotare. E forse quel punto ogni volta diventa l'incoscienza più preziosa della nostra vita.

Meg lesse questa frase sul giornale distrattamente, in uno strano e afoso pomeriggio di settembre, in preda alle sue altalenanti malinconie, sempre di corsa, a esorcizzare il tempo, per non fermarsi mai a pensare nemmeno un attimo a quell'uomo che senza nessuna esitazione né spiegazione aveva lasciato su due piedi quasi senza motivo. Poi sistemò le sue carte sul tavolino del bar in attesa di Melissa, la sua amica del cuore.

– Tornando al discorso di ieri – disse Melissa, cogliendo Meg alla sprovvista, accomodandosi di fronte alla sedia di velluto rosso nel piccolo angolo di un grande caffè torinese – ho riflettuto molto su quello che mi hai detto, quella frase: l'amore è audace solo quando scippa del tempo alla vita. Non è amore se lo sprechi, probabilmente. Però se lo rubi ti ruba l'anima, restituendoti l'immenso dentro allo spazio della tua stanza. Tu senti questo Meg? – esclamò Melissa, con in bocca il cucchiaino colmo di gelato al gianduia, – a me sembra di no, a me sembra che tu non sia mai del tutto felice. Ogni volta il tempo passa, ma ci soffermiamo sempre sugli stessi discorsi. Noi cambiamo e tutto resta uguale, persino il tempo, mentre scorre senza farci scorrere davvero.

Resta uguale perché noi siamo uguali, negli stessi meccanismi che usiamo per difenderci dall'esperienza. Comunque questo è proprio il miglior gelato della città, non trovi? Questo gusto gianduia è fantastico!

Resta uguale perché continuiamo ad assumere un placebo per curare l'assenza, questa finta presenza che sa farci una malinconica compagnia. Invece che estirpare radici morte e diventare erboristi del futuro, per ripiantarci nuovi chiudendo le ferite aperte, inferte dallo stesso nostro crudele cuore.

Io sono stanca di inseguire chimere.

Voglio un angelo. Un angelo che si sia bevuto l'anima e l'abbia vomitata nel bagno sporco di una discoteca. Ti sembra dissacrante?

Le amiche scoppiarono a ridere insieme.

– Meli, Meli, non abbiamo più quindici anni.

– E cosa c'entra Meg? Più sogni e più darai a qualche sogno la possibilità di svegliarsi vero!

– Ma forse non abbiamo più l'età dei sogni...

È come sostenere che esista un'età in cui non è più ammesso desiderare di essere felici.

E comunque io voglio un angelo che abbia posato per sempre le sue ali per fare finalmente una colazione normale, spalmandosi la bocca di sostanze naturali. Che sia bianco sporco come il pavimento su cui cadono granelli di presenza, disseminando molecole di energie interne. Un angelo a cui arrossiscano i globuli bianchi davanti a un piccolo cuore imperfetto. Perché stupirsi o farne a meno non è una scelta, è disintossicarsi dalle scorie di paura che involontariamente aggiungiamo alla vita, mandando all'aria i nostri piani di solitudine e le nostre cascate di malinconie. Anziché scegliere di diventare saggi dovremmo provare ad essere felici. Ti sembrerà strano, ma io ambisco alla normalità – Meli accennò un sorriso.

– La normalità non esiste Meli, ognuno dovrebbe trovare quel che cerca, ma non è tanto semplice che accada. L'amore è una luce dentro mille confusioni.

– Sì, ma chi ci ama non lo fa a intermittenza come una lampadina che si accende e si spegne. Perché è vero, in alcuni momenti quando è accesa ci sembra quasi il sole, poi quando è buio cadiamo in fondo a un pozzo. Ma poi si fulmina. Buio totale. Se tiriamo su le serrande, per un po' avremo gli occhi disabituati al sole, poi però capiremo che esiste altro fuori. Forse ci vorrà un po', ognuno ha gli occhi più o meno sensibili, ma diremo basta alle luci artificiali. Chi sceglie l'amore non ama le luci artificiali, ma sa anche che un amore sano non ci chiede di rovinarci gli occhi fissando il sole, e nemmeno vuol tenerci al riparo da tutto, in qualche triste zona d'ombra.

– C'è una scala che separa due vite, le posizioni si alternano, non sono mai le stesse. C'è chi sta su e chi sta giù, quel che conta è che ci sono innumerevoli scalini a unire quei piedi in corsa per arrivare a casa. Oppure c'è la direzione opposta. Non c'è bisogno di aprire la porta per sapere che l'altro sia dentro quando scegli di ritornare a casa davvero.

– Ma tu non permetti a nessuno di ritornare a casa davvero. Tu impicchi il verbo amare con la corda della paura, ti dilegui in un secondo. Non esiste la perfezione. Comunque, domani è il mio compleanno, cerca di non fare tardi come al solito e cerca di goderti la serata, senza pensieri. Lavori troppo Meg, soprattutto! Direi che la traduzione di Joyce può aspettare.

– Viviamo nell'inferno degli imprevisti. Tentare di dare a tutti i costi un significato a quel che ci accade può farci sprofondare all'inferno, ai confini con la follia.

– Ma una vita senza significato non ci fa restare sani, ma vuoti, ed è quello l'inferno più profondo dove sprofonda davvero la vita, nel distacco emotivo della finta normalità. Meno male che viviamo nell'inferno degli imprevisti. Potrebbe arrivare a trovarci d'improvviso qualcuno che abbiamo sempre sognato d'incontrare. Andiamo?

– Sì, dai, vado anch'io, perdessi troppo tempo invano a cercare di sognare qualche novità colma d'ebbrezza. A domani! M'impegnerò per non tardare – disse Meg sorridendo, baciando Meli e buttandosi nell'auto parcheggiata in doppia fila.

Come girò la porta di casa entrò in bagno a lavarsi le mani e si gettò sulla scrivania, lanciando giacca, chiavi e borsa, lasciando cadere il rossetto per terra senza nemmeno accorgersene.

Si mise subito al lavoro con la sua traduzione di Joyce. *But my body was like a harp and her words and gestures were like fingers running upon the wires*. Ma il mio corpo era come un'arpa e le parole e gesti di lei come dita sulle sue corde.

Si legò i capelli con un fermaglio a forma di farfalla, poi toccandolo lo afferrò, i lunghi capelli castani le scivolarono sulle spalle. I suoi sguardi si posarono come fossero ali su quel fermaglio, annebbiando tutto il resto, quasi esistesse il volo del respiro e lo si riuscisse a intercettare. Forse nessun uomo davvero era stato per lei come un'arpa. Ogni volta che aveva deciso di sfiorare le corde, un suono stridulo e feroce le aveva sempre fatto allontanare le mani.

– Forse non sono tagliata per suonare nessuno strumento, – pensò – forse alcune anime nascono cantanti e altre suonatrici. Solo pochi hanno la fortuna di saper far bene entrambe le cose. Se esistesse un mondo parallelo chissà, potrei scendere da questo e inventarmi nuova e soffocare questa voce, deciderne un'altra. Ma non si può decidere che voce avere, quella ti capita, un po' come la fortuna, un po' come le situazioni da cui riesci più o meno a destreggiarti per uscirne non dico vincitrice, ma perlomeno intatta, senza buchi nei polmoni, tracce di solitudini ovunque, baci ambiti da cui però puoi fuggire e una faccia che dev'essere quella perché quella ormai tutti conoscono e non la puoi tradire, e se decidessi di staccartela una volta per tutte probabilmente non si staccherebbe più, incollata a incertezze spaventose che non cedono. E ogni volta che scelgo di non dire, ogni volta mi chiedo chissà se i silenzi sanno fare l'amore o sanno fare solo il rumore dell'assenza.

E Meg quasi non dormì per continuare a lavorare alla sua traduzione, tanto da non capire il momento in cui i suoi occhi si chiusero per dare spazio al suo sogno.

II

Si alzò di fretta in un mattino ruggente, il sole alle porte, la mente confusa dalle poche ore di riposo. Come al solito aveva dimenticato la cosa più importante della serata, il regalo per Meli.

Non era per noncuranza, bensì sempre per il solito motivo. Meg aveva bisogno di incastrare perfettamente tutti i suoi momenti, uno a uno, per evitare di restare qualche attimo senza far niente di concretamente e maledettamente stancante, quasi fino alla nausea. Questo malessere cronico la nutriva, questo malessere cronico la uccideva pian piano.

Anche nella scelta dei regali manteneva sempre il suo filo razionale. Un oggetto doveva avere per forza un risvolto utile, altrimenti le sembrava superfluo. Tuttavia, sapeva della passione quasi viscerale di Meli per la fotografia, tanto da darle i nervi a volte. Si soffermava su tutti i particolari, cosa che lei volutamente ignorava. Decise però che una nuova macchinetta digitale sarebbe stato il regalo giusto e così si buttò nella ricerca dell'oggetto prescelto. Ne scelse una piccola e rosa e la scelse solo per l'estetica, per l'impatto visivo, ignorandone completamente le funzioni. Le piaceva quella, le piaceva così.

Arrivò all'appuntamento come al solito in ritardo, ma di poco, tanto da suscitare quasi lo stupore degli invitati che, conoscendola, si sarebbero aspettati qualche scusa ottimamente propinata a giustificazione di uno dei suoi difetti maggiori, la totale assenza di puntualità.

Mentre si avvicinava a Meli per darle il regalo intravide Gregory, il suo ex fidanzato, lasciato un po' alla stregua di come aveva scelto la macchina fotografica. Mi piaci. Perché? Perché sì. Ti lascio. Perché? Perché sì. Non c'è tanto da girarci intorno. Lui si avvicinò per salutarla, con un sorriso buono, calmo, nonostante la delusione subita da pochi giorni. – Ciao, – sorrise ancora – mi sono avvicinato solo per sapere come stai, nessuna domanda, stai tranquilla!

– Sto bene, soliti casini, lo sai come sono messa con il lavoro, ho sempre tremila cose da fare. Ma perché le giornate non sono state inventate di trentasei ore?

– Forse per permettere alle persone di essere felici.

Tutti vorremmo la felicità, poi stentiamo a riconoscere la forma delle sue sembianze. L'uomo non si accontenta mai. Siamo nulla con l'aspirazione ad essere tutto. E così tutto perdiamo e ci scivola fra le mani. Sembra che la felicità non stia nello stare bene, ma nel tornare a stare bene, altrimenti nemmeno te ne accorgi se sei felice. Vorremmo essere amati a dismisura, ma non impariamo a scendere mai alle giuste leghe del cuore È che un rapporto profondo implica un vero e proprio bilinguismo sentimentale fatto di uno spericolato livello di intelligenza emotiva. *Level two*, l'essere in due. Ma per amarsi davvero c'è un solo modo giusto, si deve smettere di sentirsi sbagliati.

– Guarda, Gregory, ci pensavo proprio ieri sera, traducendo Joyce. Forse io non sono tagliata per essere felice, forse può esserlo solo chi può starsene con le mani in mano.

– Ti fidi del tuo cuore, Meg?

Se non ti fidi del tuo cuore nessuno si fiderà del tuo e avrà ragione. Perché il cuore è mortale ma cerca oltremare l'immortalità.

Buona fortuna.

Gregory si allontanò lentamente. Teneva in mano il suo bicchiere tondo quasi vuoto, si avvicinò al tavolo e prendendo la bottiglia per versarne ancora incrociò il viso di una ragazza. Posò quindi il bicchiere per versare il vino a lei. Gregory era proprio un gentiluomo, gentile, rispettoso. L'uomo che ti apre la portiera della macchina, l'uomo che ti sveglia con un mazzo di rose, ti dà un bacio e ti dice buona giornata ogni giorno. È tutto questo amore, tutto così di colpo, regalato. – Non lo so, – pensò Meg – mi è impossibile da gestire, da sopportare.

Meg iniziò a bere con gli altri e si lasciò andare così tanto da sdraiarsi sul letto di Meli ubriaca, senza aver pensato mai troppo, senza aver amato mai probabilmente, e senza esserne a conoscenza.

– Ciao, che ore sono?

Meg guardò l'orologio.

– Non so, l'ora cambia sempre ogni volta che lo guardo.

– Ecco, domani a quest'ora sarà lo stesso esatto orario di adesso. Avrai aspettato solamente un giorno in più per dire a qualcuno qualcosa.

Vittima di quella prudenza anoressica che non mangia mai e ci uccide più di una delusione.

Se ti strappi il cuore per paura che soffra semplicemente lo distruggi in altro modo. I graffi del tempo rendono più luce a un viso e ne abbelliscono i contorni, se si nasce sotto il segno dell'amore. Le cicatrici non le inganni e quelle vere, quelle di chi ha amato davvero, non amano il trucco. Sono orgogliose di farsi mostrare. Non ho potuto fare a meno di ascoltare involontariamente la tua conversazione di poco fa. Ci lasciamo consumare da doveri oltremisura per paura di misurarci con l'amore. Questo è un gran peccato, perché è solo con l'amore che si va incontro al tempo senza tornare a mani vuote. E tu verrai a vedere l'amore?

Meg si affacciò alla finestra e scorse la luna in fase calante, blu, di un blu quasi elettrico che la lasciò senza fiato, incantata.

– Noi e l'amore in mondovisione, sempre in prima fila, perché fissarlo non ci rovina ma ci ricambia gli occhi, con quel suo sguardo del terzo tipo addosso.

L'amore è così fragile da sbattere sul muro di un futuro non difeso ma così forte da rotolarsi sulle ortiche e riemergere da grate di dolore, uragani di opinioni, tempeste di giudizi. Sorrido ogni volta che mi accorgo che piuttosto che evadere dalla propria prigione molte persone l'arredano soltanto, curando in ogni particolare la propria cella di solitudine. Siediti anche nei miei pensieri troppo fragili, perché è lì dentro che ti regalo l'invincibile. L'amore è un raggio ultravioletto, lo vede solo chi ha il coraggio di restare. Passa attraverso mille cristalli. Ecco perché ogni volta che vedrai blu la luna crederai nella sua eterea forza eterna. Chi non crede nell'impossibile non ama abbastanza.

– Ma tu chi sei? Possiamo rivederci?

– Io sono un daydreamer. La nostra vita è una società per azioni, le mie azioni di maggioranza sono i sogni.

Il coraggio si prende dai sogni che restano, nonostante quelli che muoiono.

– E tu chi sei? Guarda quante stelle incastonate lassù come diamanti. Senza di noi che senso avranno mai e noi che senso abbiamo? Non sembrano forse dirci in questa nuova stagione, siamo e non siamo? Le stelle ci tendono la mano per sorprenderci e spiegarci che c'è sempre una via d'uscita. Un pretesto devi regalarlo alle stelle, in ogni caso, per alzare ancora gli occhi a guardarlo cadere, seminarlo e raccoglierlo o per farlo seccare e non crederci più. C'è perfino chi non crede più alle stelle soltanto perché non si accorge che è notte e c'è il cielo nuvoloso.

Meg fissò negli occhi l'uomo senza essere in grado di definirne perfettamente il volto. Doveva essere l'alcol, ne aveva ingerito davvero tanto. Ma emanava una luce quasi simile a quella della luna.

– Possiamo rivederci. – incalzò Meg – A che ora ci vediamo? Io troverei l'orologio giusto. Che sia fermo o vada in senso antiorario. Dimmi dove. In effetti potresti anche non dirmelo, sarei capace di trovare la strada. O di trovarti. Come di perdermi, per farmi cercare.

– Di geografia non so molto, non leggo le cartine, non uso i navigatori. Conosco solo la geografia degli sguardi. Quelli che non cambieranno mai. Quelli oltre latitudini, longitudini, spazi, tempo. Non cambierà mai la geografia di certi sguardi. Basta guardarsi un po' negli occhi, nemmeno troppo a lungo e i posti li sai, li ricordi a memoria. Ti entrano dentro e poi rimangono lì, senza bisogno di chissà quali spiegazioni.

Magari non saprai più che fartene, una volta ripartita. Magari non ci tornerai mai più, magari il luogo dimenticherà i tuoi passi e così anche te, me, noi e tutti i passeggeri distratti di questo percorso di vita. Ma i viaggi rimasti dentro, no, quelli puoi ripercorrerli un'infinità di volte con la memoria, perché i chilometri che hai effettivamente nelle gambe non coincidono mai perfettamente con i tuoi viaggi interiori.

Hanno distanze diverse e spesso anche i tempi si nutrono in universi paralleli, sembrano eterni e son durati pochi secondi del tuo sonno. Oppure stanno in una tasca a fare compagnia a briciole, rimasugli di tabacco, monete, fili, accendini. Mentre ci metti la mano sorridi. Piccoli così ma tanto grandi da non potertene mai liberare veramente. E in quella tasca c'è anche una bussola, l'unica che se cerchi non trovi. È intangibile e ti serve per errare nei paesaggi del tuo viaggio. Perché errare vuol dire vagare ma anche sbagliare, come a sottintendere che se camminiamo possiamo smarrirci e perdere la strada. Ma l'amore non ha gambe corte, vuole fare passi acrobatici. E non potrai mai ritornare nell'esatto punto da dove sei partita. Perché nel frattempo avrai maturato nuovi occhi per guardare posti che mentre andavi hai abbandonato. Non avrai più la stessa percezione, né per riconoscerli né per rivederli uguali. Per questo indietro non si torna, per questo indietro non si può più tornare, nemmeno se lo vuoi. Quei viaggi ogni tanto sono viaggi d'amore e sono viaggi imperfetti, per questo sono veri. In alcuni casi saprai che non puoi più rimetterci piede, ma sognerai per sempre ali, per tornare dove non si può. Quando pensi di non essere più in grado di riconoscere un luogo è perché ad essere cambiata di posto sei tu.

E d'improvviso, quando ti guarderai intorno, ti accorgerai che ogni piccolissimo particolare che assecondiamo o lasciamo andare stravolge gli eventi in maniera irreversibile. Ogni passo che fai, ogni movimento va a mutare inesorabilmente il corso degli eventi. In base alla nostra decisione, anche quando ci sembra irrilevante, diamo corso allo sviluppo di una situazione rispetto a un'altra.

Le occhiatine per capire come sarebbe stata la vita dinanzi a una scelta diversa, a un percorso inverso nella realtà non potremo darle mai, ma poi di colpo, in una mattina di neve o in una sera qualunque, mentre ascolterai lo scoppiettio della legna nel camino, un leggerissimo dolore, così sottile da averlo sempre ignorato e nascosto, si mostrerà, pesante com'è l'amore quando si fa cenere.

Ti chiederai dove sono, dove vivo, com'è la mia casa, che si guarda dall'affaccio dei miei occhi, quale luce o quale ombra, quale gioia o quale dolore. Sono le piccole cose quelle che si pagano e ti chiederai perché ti vien voglia di respirare a pieno l'ossigeno sempre quando sei sott'acqua, e ti vien voglia di toccare un viso solo quando hai ancora le mani sporche di altra vita o solo sporche di te stessa. E t'innamori quando non dovresti e non t'innamori quando si può, fosse che il cuore è più avanti di noi e non si prostra alle convenienze della mente, ai compromessi, ai vuoti a rendere, ma a render cosa, poi, se non lo stesso vuoto che senti adesso? La verità è che ogni vita richiede pulizia, troppe ragnatele alle pareti conducono all'abbandono dei luoghi emozionali. Ti chiederai cos'è la paura del profondo, tutte le volte che hai risposto no per non dire sì, tutte le volte che hai scelto di non aspettare più, di non dare più, di non fiorire più. E immaginerai i luoghi della mia mente ormai distanti, distrutti da un domani ammazzato ieri.

Meg, che solamente a sentire parlare qualcun altro su come affrontare i suoi percorsi amorosi si metteva subito sulla difensiva con un atteggiamento aggressivo, stranamente restò tranquilla di fronte a quest'uomo sconosciuto e disse solo:

– Nessuno ci insegna ad amare!

– No, nessuno, ma innamorarsi e amare sono due cose differenti. In questo senso l'innamoramento non è ancora amore. L'innamoramento è l'inizio di un cammino fra due entità distinte che li spinge all'unione, attraverso la polarità delle loro vite. L'amore è umanamente chiedersi tutto ciò che ci è stato tolto rispetto a quando eravamo da soli e ricordarsi di tutto ciò che di prezioso è rimasto, dopo i primi problemi. E nel bilancio fermarsi a respirare. Un attimo prima di andare o di decidere di restare. Un momento, un istante, un secondo in cui scegli la sorte del tuo domani. Essere amore è sostenersi a vicenda in un cammino comune. Se insegni a scrivere al coraggio, hai nelle mani la planimetria e la storia del mondo. In fondo che cosa vuoi che sia l'amore se non il tuo libro di storia? Per fare storia una favola vera. Che cosa vuoi che sia l'amore se non colui che ci attende svegli i sogni in una casa vuota? Priva di complementi e oggetti ma con dentro il tuo corpo, il cielo e un giardino di fiori le mie carezze e petali di labbra le mie parole a fermare il tempo, tanto che se il mondo finisse in quell'istante non ce ne accorgeremmo e ogni nuovo istante sarebbe il prolungarsi naturale dei sensi, dalle montagne all'increspatura delle ciglia del vento dischiuse sull'infinito.

L'amore è un luogo vero e proprio che racchiude tutti i nostri altri luoghi interiori, è un modo di abitare la vita. Se sai come andarci non sei mai in pericolo. Ed è l'ogni dove fondamentale attorno a cui ruota l'intero viaggio dell'esistenza.

Solo una volta, nella mia vita, ho fatto un viaggio senza muovermi. Perché è stato il viaggio a farsi me, a fottermi di meraviglia. Ora io cerco quel viaggio, lo cerco ogni giorno, quasi sicuro di non trovarlo mai più. Non si può avere tutto, non trovi Meg? Almeno non se è il tutto a non volere te. Perché si può avere tutto e farsi mancare altrettanto se proprio quello che vuoi non c'è. Vorrei nutrire la speranza che forse un giorno ti troverò là fuori nel giusto momento, per dirti buongiorno, per prendere in giro il destino dei sogni e prenderti per mano. È ovunque buongiorno quando ti sveglia l'amore.

– Meg, Meg sveglia, è tardi, te lo dico proprio io che speravo fossi tu a svegliarmi stamattina. Abbiamo davvero esagerato ieri sera. Ti sei divertita perlomeno? Mi dispiace per Gregory, non credevo venisse, ma ho visto che non ti ha dato molte grane, no?

– Oddio Meli, ma quanto ho dormito? Che mal di testa... ma stanotte com'è che la luna era blu?

– Blu? Ma che dici Meg, devi averci dato giù un bel po' con il vino. Dai che facciamo tardi, hai la macchina qui sotto? Dammi le chiavi, guido io. Non è che l'hai lasciata in doppia fila come al solito? – Meli sorrise – Dai, vado a farmi una doccia, il caffè lo prendiamo al bar.

– Ma non c'era un uomo, un uomo che... che non saprei descrivere tanto bene a dire il vero. Un uomo molto affascinante, mi sembrava avesse una camicia blu e dei jeans. È venuto a parlarmi, sapeva come mi chiamo, ma non mi ha detto come si chiama.

– Dei jeans? Ma erano tutti in giacca e cravatta i miei ospiti ieri sera, nessuno aveva i jeans. Te lo sarai sognato, Meg. Spero sia stato un bel sogno!

Per tutto il giorno Meg pensò a quell'uomo-sogno, alle parole che le aveva detto.

– Che sciocca che sono stata, "possiamo rivederci" gli ho chiesto, sì, magari al Caffè Florio, perché no. Però che bel sogno.

– Ma stasera che ne dici di un bel concertino jazz?

– No, Meli, sono davvero stanca, vado a cercare di dormire, stasera passo e chiudo anche col cervello.

– Va bene, riposati, ci vediamo domani allora.

III

Arrivata a casa, Meg decise di cambiare le lenzuola. Le scelse di raso blu, quasi in onore al sogno rimastole dentro.

Meg, perché non facciamo l'amore? Ti voglio tantissimo. Lo so che certe cose non si chiedono, ma...

– Non so nemmeno come ti chiami, ieri sera non me l'hai detto.

– Mi chiamo George.

Ma io non capisco, sto sognando?

George aprì la mano di Meg e le passò un piccolissimo sassolino blu, poi la richiuse.

– Amo i sassolini. Sono piccolissimi, ma contengono i paesaggi delle anime. I piccoli sassi ci donano il senso del viaggiare davvero. Ascoltano silenziosi i racconti della gente, i loro sogni migliori. E quando ne raccogli uno e lo porti con te ti sembra di accarezzare il percorso del tempo. Il sogno ha sempre la dimensione di una mano. Se la chiudi, si sgretola. Se la apri, ti vola su una guancia e ti accarezza.

Forse ogni tanto dovremmo vivere come sonnambuli per sfuggire alle cattive malinconie che ci portano sulla brutta strada, tenere per mano ben stretti i nostri sogni e spassarcela con loro, con in mano una bella birra di stelle a doppio malto. E poi d'improvviso incontrare qualcuno nella mezzanotte dell'anima che ci svegli con una candela, senza paura della nostra reazione. Che ci regali il boccale di un progetto ad alta fermentazione, ancora non pastorizzato, grezzo come l'ingenuità non ancor sobria di disincanto. E farci così bene da non dormire più e non aver più tempo né voglia di sprecare sorsi di vita e toglierli all'amore. Spegni la luce...

Meg provò a spegnerla. L'interruttore fece clic, ma la luce rimase accesa, tanto da riuscire a delineare perfettamente il viso di George e da poterne seguire il contorno degli occhi, grandi, profondi come l'immenso, e delle labbra sottili, quasi severe, appoggiate sull'orlo scucito delle sue.

– Sto sognando, George, ci incontriamo nei sogni – disse subito dopo quel bacio. – Me ne sono accorta adesso, provando a spegnere la luce, e ora che ci ripenso anche ieri sera l'orologio cambiava continuamente. È un sogno lucido.

Meg si alzò dal letto per tirare giù la persiana di casa. Ma non era più a casa, e fuori dalla finestra, in tutta la sua imponenza, primeggiava la ruota panoramica di Londra.

– Se si spegnessero le luci non si vedrebbero più i sogni e questo mi sembra il maggior insegnamento che possiamo dare alla nostra realtà. A volte i nostri sogni vengono a portarci in dono quelle piccole follie che rendono tollerabili le nostre grandi e spietate realtà. Dai, rivestiti, andiamo sulla ruota. – esclamò George sorridendo – Questa luna blu sarà sempre così blu e fra tutte le sfumature che conosci non potrai mai vederla se non sarai con me.

Cosa credi che sia l'amore, Meg? L'amore è il lusso indispensabile. Il miglior modo per ritrovare il tuo cuore è perderlo nella vita di un altro.

Meg lo assecondò senza dire una parola e uscirono da quella piccola casa con le pareti blu. Si sentiva sicura nel suo sogno, protetta da quest'uomo che le era capitato come un lampo improvviso che rivela le infinite possibilità di cambiamento di cui ignoriamo l'esistenza.

– Devi dirmi tante cose di te che non so, perché hai scelto me? Perché mi vieni a trovare? Mi piace pensare che i déjà vu siano la coincidenza precisa con l'appuntamento che abbiamo avuto in sogno, quello da cui siamo già passati senza andarci, quello a cui stiamo ritornando. A volte si va via senza avvisare, mentre a volte si ritorna senza essersene mai andati davvero. Non so chi tu sia, non so dove abiti, non so niente di te, ma nella realtà capiterà mai qualcosa di simile? Avrò un déjà vu a cui non mancare più che mi sta aspettando?

Meg salì con George sulla ruota.

– Cos'è quella statua in lontananza?

– È la statua di Peter Pan, nel giardino di Kensington. Mi è sempre piaciuta la favola di Peter Pan.

Non puoi scoprire nuove galassie se hai paura di perderti fra le stelle con la tua navicella spaziale.

Solo quando lasci il timone e diventi il pilota della tua anima la trasformi in una nave stellare. Solo quando lasci il timone scopri l'infinito, fuori e dentro di te.

Succede, ma succede poche volte.

– Meg, succede a chi ci crede davvero.

Le volte che succede sono quelle per cui vale la pena. Meglio l'illusione dell'infinito che la certezza del niente. E approdi nella capitale della fantasia, svegliando un sogno, con i piedi per terra, un sogno parlante che ti dirà: "Ti sembro piccolo ma proprio per questo insieme a me potrai giocare alla felicità". E crescerete insieme.

– George, ma tu da grande cosa vuoi fare? – ridendo, Meg lo fissò negli occhi.

– Da grande voglio fare il bambino, per conservare una parte che lasci sempre spazio all'entusiasmo, che non lo perda mai, per continuare a pungermi con le mie rose senza mai la paura di toccarle.

Alla felicità ci si arriva navigando fra le nuvole, ma senza sottovalutare la forza nelle braccia, la forza del desiderio. Ci vuole applicazione.

Il cinismo è come il colesterolo. Fa perdere il buon sangue credendo di trattenerlo e si trattiene quello a placche di Ldl letale, avvelenandosi i flussi di vuoto, inquinando il proprio mare interiore.

E tu? Cosa vuoi fare da grande?

– La bambina, come te.

– Noi bambini non abbiamo altra scelta che invecchiare così, grandi sognatori.

– Devi dirmi qualcosa di te, voglio sapere, chi sei, dove vivi realmente? Voglio sapere se potrai farmi questo regalo. Svegliare il mio sogno e venire con me.

– A volte ci si stanca di sognare e si ama il volo delle farfalle un po' di più. A volte ci si stanca anche di amare e allora lì si ama un po' di più. Così ho rubato dal sogno una farfalla avendo cura di non toccarla mai e l'ho portata qui, viva fra le tue mani. Perché la vita sta tutta intorno a un sogno che senza mai afferrare porti con te. Le farfalle ci volano intorno quando non le fissiamo attentamente. A volte ci si posano addosso proprio perché capiscono che non le prenderemo. Ho scoperto che le farfalle non hanno il cuore, ma solo un abbozzo semplice, forse il cuore delle farfalle è sulle ali. Ogni tanto penso che le farfalle abbiano un sesto senso per l'amore. So che torneranno.

Chi ti ama ha nella valigia quel posto a incastro per le tue nuvole. Puoi andare ovunque e non perderlo mai. Chi ti ama ti conduce l'anima per mano, niente di più.

Meg si svegliò di soprassalto, si guardò intorno e di blu c'erano solo le sue lenzuola.

Era tardi. Per il secondo giorno stava facendo tardi al lavoro, in preda a una confusione cosmica, a un batticuore indefinito, un'ansia emozionale galoppante come milioni di cavalli domati che attraversano il presente con occhi bendati, scavalcando ogni ostacolo per tornare allo stato brado dell'anima.

– Melissa... Melissa ti devo parlare. Quell'uomo, ti ricordi quell'uomo? – Meg, mentre correva verso il lavoro, d'impulso aveva telefonato a Meli.

– Meg che succede? Già che mi chiami "Melissa" e hai questa voce seriosa è successo qualcosa. Qualcosa di grave? Quale uomo?

– Quell'uomo, George, quello che ho sognato a casa tua la sera del tuo compleanno.

– Meg sembra sia passata un'eternità... era l'altra sera, sì, lo ricordo, quello che nella confusione credevi fosse presente alla festa.

– Ecco, sì, lui. È un sogno lucido. Mi sono accorta che lo stavo sognando, ma, non so, credimi, non so neppure come spiegartelo.

– Calmati, fra poco ci vediamo in ufficio. Hai finito la traduzione di Joyce?

– No, Meli, non so che mi è successo, ho dormito tanto, non ho avuto la testa.

– Ecco, questo è molto più preoccupante.

Al solito bar nell'ora di pranzo, Meg e Meli, davanti alla loro insalata, alle prese con l'olio centellinato per non appesantire il pomeriggio lavorativo, iniziarono a discutere dell'uomo-sogno.

Meli rimase sorpresa della dovizia di particolari che Meg riusciva a tirare fuori. È strano ricordare tutto di un sogno senza prendere appunti, senza scriverselo all'origine. E invece era tutto chiaro, era come portare dentro alla realtà i propri pensieri, un po' come una foto al negativo, soprattutto per Meg che riguardo all'amore tralasciava sempre tutto, inventando milioni di pretesti per allontanare l'uomo di turno dalle sue giornate di vita reale.

IV

La vita di Meg cambiò vertiginosamente.

Non vedeva l'ora di correre a casa per tentare di dormire e sognare George. Aveva appena conosciuto una forma di vita che credeva non appartenerle. Piena di aspettative ma non di progetti, forse per questo George non la intimoriva. Doveva ancora trovarlo nella realtà, sotto forma di sfida, di desiderio da realizzare, il più grande che sentiva di aver mai provato in tutta la sua vita.

Quella notte prese un sonnifero perché l'inquietudine non le dava tregua e non riusciva a prender sonno. Si rannicchiò fra le briciole di un toast divorato in fretta, tentando di trafiggere il tempo con le lame del pensiero, riporlo sul cuscino e spegnerlo, per proiettarsi nell'unico luogo dove voleva trovarsi, il suo sogno.

Al mattino, però, si svegliò con l'amaro in bocca. Del suo George quella notte nessuna traccia.

Si rese conto rapidamente che il pensiero di non sognarlo più era un pensiero in grado di stravolgerle la vita. Si rese conto che questa volta avrebbe potuto chiedersi in tutti i modi il perché, ma che una risposta precisa, equilibrata, concreta e razionale come era solita darsi in realtà non esisteva. Quando ami qualcuno, quel qualcuno diventa colui senza il quale vivere non è più vivere e allora preferisci sognare.

Come un automa portò a termine la sua giornata lavorativa, si buttò sulle sue traduzioni, bevve al volo un caffè con Meli e poi tornò a casa a sfasciarsi sul divano, fra la stanchezza e l'amarezza.

– Ieri non ci siamo visti e mi sei mancata molto.

– Io ci provo a venirti a prendere, ma non posso scegliere di addormentarmi a comando se prendo dei sonniferi, se cerco qualcosa di artificiale non ti sogno, mi limito a dormire soltanto!

– Non ci pensi mai a quanto sia lontano ieri, un qualcosa che non potrà mai più fare parte dei tuoi desideri, un qualcosa spezzato che non puoi ripercorrere nemmeno a ritroso. Ma se chi tu hai inseguito con tutte le forze ha aspettato che fosse ieri per il momento di uno sguardo, scegli di non voltarti più. Quel tempo speso sei solamente tu. A percepire l'amore bastano gli occhi della volontà. E se gli altri due mancano, non c'è. Smettila di aspettare che passi un altro giorno senza acchiappare i sogni.

– Devo capire chi sei, dove posso cercarti. Vorrei acchiapparti, ma non ho assolutamente idea di dove cercarti. Soggiorni nel mio spazio, per colazione il mio domani e ogni notte in meno è un giorno in bianco, sporco di lenzuola sempre fredde al mattino.

Sai, una volta, traducendo le mie cose lessi una frase. Una frase scritta da una donna che sognava un uomo a cui chiedere senza vergogna: "Puoi amarmi?". Un uomo che sapesse riconoscere con forza le sue fragilità e risponderle senza esitazione. Un uomo che sapesse riconoscere le gioie senza paura di perderle. Un uomo che, più semplicemente, sapesse amare.

Non mi sono mai piaciuti i supereroi perché so che non esistono, e poi con qualche potere sovrannaturale sarebbe troppo semplice conquistare una donna. E quando gli uomini normali senza vergogna ammettono le proprie fragilità riescono a proteggere davvero i propri cristalli, appoggiandoli in un posto sicuro, diventando ordinariamente straordinari. Solo riconoscendo chi siamo possiamo difenderci e ognuno può farlo solo da sé, attraverso le sue consapevolezze.

– E tu sai amare, Meg? Dev'esserci un'angolatura particolare al bordo degli occhi quando t'innamori. Si fissa d'improvviso a contorno delle ciglia e non ci sarebbe nient'altro da guardare.

Ti accompagna ovunque, ma non sai né perché c'è e né perché ti accompagni senza svelarti il motivo. Sai solo che vedi tutto diverso, le ombre, i colori, le luci, la notte e le farfalle.

E come una miccia improvvisa, accende una scintilla sublime dentro due soli altri occhi, appoggiati delicatamente sullo stesso angolo, due occhi come due gocce ad annegarti e ridestarti l'anima. Nuova. Adulta e bambina, concreta e sognatrice. Si tiene dentro e butta fuori tutti gli sguardi e attraverso le lacrime ti dona la capacità di capire che ami. Perché ci sono lacrime e lacrime, quelle di gioia sono stalattiti che si sciolgono liquide sui respiri. Hai mai sentito parlare di uomini senza vento? Prega che dentro te vi resti sempre una lacrima di riserva. Un uomo che non sa più piangere non sa più nemmeno ridere.

Per assaporare la strada dobbiamo toglierci le scarpe e questo ci rende vulnerabili ai legnetti, ai sassi, alle schegge di paura. E tutti noi sempre ripetiamo che non vorremmo farci male, ma quanto poi siamo disposti veramente a cambiarla quella strada, a rimetterci in cammino altrove piuttosto che abituarci con rassegnazione alle ferite? Tutti hanno voglia di cambiar vita, ma quanti sono davvero disposti a correre il rischio di fallire e cadere andando incontro ai cambiamenti? Quanti capiranno che solo correndo quel rischio si può davvero amare e farsi amare? La vita è una ricchezza da spendere e non da conservare. Hai sempre il dovere di ridere di te stessa, di assaporarti come un cioccolatino per scoprire che donarlo ha poi lo stesso gusto fondente che lascia sulla lingua un buon sapore.

– Potrei starti a sciorinare tutti gli argomenti dell'amore uno a uno, come una ninna nanna fino a farti addormentare. E chissà quando i tuoi sogni dormono dove vanno a finire e cosa vanno a sognare? Cosa può mai sognare un sogno? Ma io ti voglio reale, ti voglio vivo, ti voglio respiro. Ti voglio germoglio del domani e non chimera dispersa fra i passi dei deserti dell'anima. Quindi per una volta mettimi la mano davanti alla vita, strappala ai sogni e fammi morire di te. Credo nei sogni che si spingono oltre il cielo ma hanno i piedi per terra. L'aria non ha confini, ma per respirarla i sogni non devono volare ad alta pressione. Bisogna rimanere al loro passo per incontrarli. Quando mi affido all'incoscienza dei sogni mi sento più responsabile. Ora non mi aspetto un volo, vorrei sentire i passi.

George le fece una carezza e un sorriso, nel silenzio eterno di un istante, e poi esclamò:

– Siamo pelle della stessa misura dei sogni.

– Dove siamo?

– Sotto la fontana del Frejus, a Torino. Sai che questo è un posto magico? Qui, sulla punta estrema dell'obelisco si intersecano tutte le correnti energetiche terrestri, Meg. Nasconde la porta d'accesso a un universo parallelo. Da qui è possibile intervenire sulla materia, sul tempo e sulle coincidenze, o se preferisci chiamarle destino...

– Io vivo a Torino da poco, mi sono trasferita per lavoro. Allora forse sono entrata di qua per raggiungerti. O forse questo mondo è il paradiso capovolto, il percorso inverso dei sogni. Quando anziché uscire e realizzarsi ti ritornano dentro.

– Magari c'è un mondo sotterraneo che si erge nelle viscere della Terra ed è lì che vive il vero pathos, quello dei sorrisi appena accennati, discreti e seducenti; degli sguardi presi e subito lasciati andar via, quelli che poi ti ricominciano nella mente; degli incontri fortuiti, improvvisi, quelli che sottovaluti, ti volti e lasci andare quel prezioso e unico istante che ti avrebbe regalato quel cambiamento. Andare a letto con l'alba senza mai tradire lei e il legame che non è il solo semplice dirsi stiamo insieme. Nelle viscere della Terra... e noi quello lo chiamiamo inferno. Perché non ti svegli dentro la vita, ti svegli di lato, come quando in sogno ti guardi dal di fuori e sai che non è la realtà quella, come adesso, Meg. E allora devi alzarti e aprire la prima porta e troppe ancora ne dovrai aprire per capire perché hai aperto la prima. Troppe ne dovrai aprire per dare un senso a quel che pensi, e gliene darai soltanto se i tuoi propositi non resteranno solo pensieri, ma se, attraverso tutte le tue energie, diverranno linfa vera. Solo allora si può scappare dal vero inferno.

Vieni, entriamo nella stanza delle stelle, siediti lì, alza gli occhi e prova a guardare il silenzio. Il silenzio può portarci in paradiso in alcuni momenti, ma può essere anche tanto violento, può far male molto più degli schiaffi delle parole. Per questo è possibile guardarlo in faccia, esattamente come quando vuoi dire qualcosa a qualcuno o scegli di non dirla e perdi un'occasione. A volte ti chiedi: i silenzi chissà se sanno fare l'amore o sanno fare solo il rumore dell'assenza. Perdiamo occasioni ogni giorno. Spesso le cose si uccidono per la paura di viverle.

– Non so come fai, mi leggi nella mente, che dorma o che sia sveglia poco importa. Mi pensi i pensieri.

È così che i sogni si fanno strada nel cielo? Attraverso le stelle?

– Ogni sì di ogni anima a un'altra anima è l'attacco dolce e duro di ogni stella nell'universo.

Io sono il tuo sogno, Meg? Perché è inutile svegliarli, i sogni di nessuno. Se lo sono cercarmi. Cercami bene. E trovami. Ovunque io sia fuori dalle tue notti.

– Guarda George, che meraviglia! – Meg si accorse che tutti gli alberi che aveva intorno avevano foglie blu e come frutti tante piccole stelline asimmetriche. – Sembra un paradiso terrestre.

– Oh, no – disse George prendendo dall'albero una stellina, poi la offrì sulle labbra di Meg e lei assaggiò per la prima volta una stella accorgendosi che a stretto contatto con le labbra era liquida, come una pozione dolcemente animale e nucleare che ha un sapore indefinito ma è vitamina per l'anima.

Ci vogliono i baci a placare il dolore, a sciogliere le resistenze delle parole. Ci sono troppi paradisi e troppo poco amore. Meg lo baciò sotto l'insegna che indicava il mercato delle stelle, qualcosa che non si può acquistare nella realtà, qualcosa che non si può progettare o ricostruire come tutto quel che è vero. Come tutto quel che conta davvero.

Poi si sdraiò, disegnando con la mente il posto perfetto che avrebbe desiderato per fare l'amore. E lì accadde per la prima volta.

Mi piace la gente che quando fa l'amore si parla fortemente coi respiri e se ne dice così tante di parole che qualcuna rimane fra le lenzuola, sporche d'anima e di orgasmi di stelle, fino a contenere, nell'attesa della prossima volta, anche i silenzi e l'infarto di un'emozione che la rimette al mondo più viva di prima.

Fare l'amore con un sogno. Chi l'avrebbe mai pensato possibile? In sottofondo cambiare musica con il dito su cui gira il mondo, il respiro, il pensiero, con il suadente movimento di due essenze in festa che chi lo sa se nella vita reale avrebbero potuto incontrarsi e riconoscersi mai. Fiutare il cielo da così vicino da percepirlo liquido come il sapore di quelle stelline, bramare e ricevere in dono tutte le risposte a cui non sei mai riuscita a dare una risposta. E ridere per la prima volta nell'accorgerti che quando stai bene smetti di farti domande, smetti di chiedere e volere a tutti i costi risposte, smetti di tormentarti i capelli in attesa di qualcosa che non sai cos'è. Smetti. Smetti di fumare, di mangiare, di star male. Smetti di crescere. Smetti tutto ciò che non sia amore, perché l'amore è tutto ciò che ti sta bene addosso. Così butti via tutto il resto. Non hai più paura di quello che accade, perché vorrebbe dire aver paura della meraviglia, non hai più paura della fine, pensi solo a un principio eterno. Ti alieni dalle speranze infrante, dalle nefaste predizioni di maghi improbabili, assorta, coinvolta, persa in una danza armonica di anime, fino a sfiorare la veste felice di un'incantevole aurora a risvegliare l'orizzonte da cui si vede il punto più alto della tua mente. E lì la abbandoni, in attesa del cuore. Lo lasci entrare con quell'indecente bisogno di dilaniarti la carne e i respiri, come foglie stropicciate di paradiso a cavalcarsi il vento, a volteggiare accompagnate da un brivido freddo, soffiate su sogni sospirati al suono dell'orgasmo di un respiro. Ti risvegli su un cuscino lievemente bagnato dagli umori e dalla saliva della luna. Apri le gambe e gli occhi al petto del cielo per ascoltare il suo risveglio con il terzo orecchio, l'animale dell'anima.

E sono sogni fecondi di felicità. Quelle forme liquide di un solido incastro d'armonie. Forse non ti era mai capitato di fare l'amore così e percepire quell'assurda sensazione che una sola notte d'amore potesse bastare all'eternità per farsi abbracciare, per volersi fermare illimitata, senza più ticchettii fastidiosi di un tempo padrone; che un'unica anima fosse in grado di dividersi in due vite, due corpi nudi essere una cosa sola, sfiniti senza finire mai, venuti senza più andare via. Un'ultimavera in cui finire insieme, finire nell'infinito. Riccioli di luna scomposti a ricomporre letti sfatti, la proiezione radiosa di un fiore che se ti sfiora, sfiorendo, precipita sul mondo e si ricrea come pelle. Il letto aveva la forma di un immenso libro a racchiudere nel pensiero la curva dell'infinito e non appena svoltato l'angolo sapeva voltarsi e rivoltarsi ancora. Sfogliare i pensieri come parole. Alzare i lembi al sogno per dormirci nudi dentro. Rimboccarsi l'anima accorgendosi di aver freddo in mezzo ai dubbi.

– Perché si legge? E perché si scrive secondo te? Qual è la spinta che fa decidere di scrivere e di affidarsi ai consigli di un libro?

– Si legge perché s'incontra un amico silenzioso che dà risposte attraverso la nostra mente. Senza consigli superficiali, spesi tanto per dire qualcosa, a proforma di un briciolo di tempo da dedicare alle preoccupazioni altrui. Si scrive per giocare e mai per gioco. Per ricordare, per dimenticare, per esorcizzare il dolore. Si scrive per amore.

I miei dolori non li ho mai delusi. A volte non è facile liberarsi dal dolore, quando il dolore è l'unica via che hai conosciuto fino a oggi. Ti rende quasi più sicuro perché conosci tutte le sue strade e sai come affrontarlo, sfidarlo, vincerlo e abbandonarlo per riprenderlo con te nel viaggio.

Ma l'amore respira, ci lascia e si lascia respirare, perché la nostra anima non è nata per essere arruolata dalla fatica, ma dalla leggerezza. E noi lo sappiamo, perché parliamo sempre di cuore e sottovalutiamo i polmoni. L'amore si respira a pieni polmoni. E il vero amore è un respiro, è leggero, aggettivo che troppo spesso confondiamo con superficiale.

Invece in superficie restano i sentimenti spesi nel gran lusso, quelli faticosi, ricostruiti, artificiali.

Per quanto belli, i fuochi d'artificio non saranno mai come le stelle. Impariamo a funzionare tutti al minimo delle nostre capacità polmonari. Aprire un bel respiro all'amore può far girare la testa e all'inizio spaventarci. Ma capire a pieno l'esistenza delle nostre potenzialità può permetterci di gonfiare un'inaspettata nuova opportunità di gioia. L'amore è un incastro di possibilità inesauribili. Dovremmo liberarci di tutto ciò che è per lui un ostacolo e affrontare la sfida più entusiasmante e difficile di tutto il nostro viaggio: vivere respirando amore. L'amore è semplice, per questo così complesso.

La semplicità spesso sfugge agli occhi; le scelte più semplici sono le più difficili, spesso sono abbagliate da fronzoli e lustrini, da luci riflesse, ma poi, quando finalmente il nostro sguardo si posa su qualcuno, sceglie la sua anima e solo quella. Mette a fuoco il domani, senza incendiarlo, alimentandolo.

All'inizio, quando ho cominciato a capire meglio me stesso, ho cominciato a starmi antipatico. Poi ho iniziato a prendermi in giro, a sdrammatizzare con ironia i drammi della sorte e finalmente a prendermi per mano, ad accarezzarmi, a volere bene alla mia dura scorza ma anche alla mia tenerezza. Oggi non lo so se sempre mi amo, probabilmente no, ancora no. Ma so che quando mi perdono, con più facilità perdono gli altri. Questo per ora mi sembra abbastanza.

Mi sembra abbastanza l'aver smantellato a morsi la nebbia per ritrovare l'anima ed essermi messo nuovamente in strada a piedi nudi.

– Ma dove vivi George? Spiegami. Io mi sono sempre buttata fuori dai viali dell'amore. Non so perché, ho sempre scelto altre strade per arrivare a bivi in cui anziché scegliere, magari sono tornata indietro, così...

– Così siamo il passatempo di sveltine di sentimenti, ci consumiamo in amplessi fugaci e in vite vissute come vengono, cioè insensate, perché ciò che viviamo così come viene è sempre insensato, se il senso non sappiamo darglielo noi. Siamo un controsenso, viviamo contro tempo, andiamo contromano, ci mettiamo controvento, ci prendiamo in contropiede. Ma controcuore non possiamo andare.

– Controcuore non possiamo andare. È vero George. Ma tu chi sei, a parte essere l'uomo dei miei sogni?

Meg, quasi timidamente gli prese la mano.

– Io sono uno di quelli che se ti porta un fiore non è per portarti a letto, ma per spogliarti e rivestirti dei miei sogni. Ma per portarti a sognare. Il posto più bello dove puoi portare qualcuno a sognare è il tuo cuore.

Amo le donne belle davvero, di una bellezza inarrivabile nemmeno da chi usa la bellezza per mestiere, perché negli occhi avranno il sorriso di chi sfida la vita, con l'umiltà di vincerne unicamente il dolore. E lo faranno e sapranno farlo al di là di noi, ma restando con noi daranno una luce diversa anche ai nostri occhi e saremo più belli, saremo migliori.

E tu, se mi troverai, sarai Miss Anima nel mio mondo. Ci sono belle donne, donne belle e donne che rendono la bellezza intelligente. Tu fai sì che la bellezza diventi giustizia, nella sua concezione ultraterrena di specchio perfetto fuori e dentro.

Meg sorrise e lo abbracciò.

– Dev'essere bello essere Miss Anima per qualcuno. Ho sempre scorto altri sguardi negli uomini che ho incontrato. Sguardi d'interesse tutt'altro che mentale. Forse è proprio come dici tu, c'è una prima volta che coincide con l'ultima e ti rimane per sempre.

– Spezzerai le tue sicurezze in due promesse che non manterrai, mai e per sempre. Mai e per sempre sono entrambi due stati del cuore veri, tuttavia tutti e due mentono. Non spergiurare la parola sempre, prometti la parola ora e rinnovala ogni giorno. Perché oggi è quel piccolo, meraviglioso o fragile domani che stringiamo fra le mani.

Ci sono delle piccole regole, sembrano impercettibili, ogni tanto ce ne dimentichiamo ma quelle sono le fondamenta del grattacielo. Per avere certe risposte non devi disturbare i vocabolari, ma solo il cuore.

Mentre attendi un tempo migliore guardi fuori dalla finestra e piove. Anziché aspettare che spiova, prova a goderti l'attesa come se non stessi aspettando niente all'infuori di te stessa. E non prenderlo come un ossequio alla vanità se anziché contare le gocce ti guarderai allo specchio e sorridendo ti basterai, basterai alla tua intimità, alla delicatezza del tuo sguardo. Perché soltanto allora, solo allora cambierà il tempo, persino quando la pioggia ti sorprenderà ancora. E quando finalmente ritroverai te stessa, ti basterà salire su un muretto per riconquistare il tuo tramonto.

Ogni volta che lo abbracciava capiva che avrebbe sopportato ogni fatica possibile per strappare quell'uomo dal sogno o per abitare quel sogno eternamente, alla faccia dei sempre e dei mai, dei dizionari, dei quesiti illogici, delle risposte scontate, della precarietà dei sogni che non abitino strade asfaltate e ben piantate sulla logicità.

– Perché il tramonto stasera è blu?

– Siamo su Marte stasera, ecco perché il tramonto è blu. Le particelle che costituiscono l'atmosfera marziana sono molto grandi e privano la luce solare della componente rossa che vedi dalla Terra, tanto da non farla giungere in superficie. Il blu tende a penetrare in tutte le profondità. L'ho letto molto tempo fa. È anche per questo che molte persone non viaggiano e non leggono mai e anche per questo si è reticenti a veder sporcati i propri fogli bianchi dall'inchiostro dei propri dolori. I libri rivelano a chi li legge un segreto profondo che spesso tradisce il bisogno nascosto di chi li scrive. Essere svelati, liberati dal velo blu dell'inquietudine.

– Mi fa un po' paura tutto questo blu... non so perché.

– La paura del blu è la paura del profondo. L'ombra nera del blu è il silenzio del cielo che non verrà all'appuntamento. E quando il cancello al bello della mente si apre d'improvviso, dà accesso all'immortalità, anche solo per un attimo.

– Perché proprio il blu il colore dell'inquietudine? Come la nostra luna? Come questo tramonto meraviglioso?

– Credo che all'interno dei nostri paesaggi interiori esistano il desiderio e la paura del profondo. Di quell'ombra nera che copre il blu quando ci sentiamo rifiutati, non voluti, incompresi, messi in un angolo. Ma c'è chi il blu smette di guardarlo e chi si fa forza e alza le tendine della notte per vedere cosa c'è là fuori. Può restar male, certo, se il cielo non è poi così limpido come credeva, ma può anche sorprendersi e smettere di tormentarsi continuamente. Lanciarsi non in un volo improbabile, ma in una corsa a ostacoli con i propri passi. Che magari qualcuno ruberà per renderli più leggeri. Così che le due ombre sovrapposte non siano più solitudine. Forse il mio difetto più grande è che trovo sempre un motivo in più per parlare che per tacere. Ho un innamoramento compulsivo nei confronti delle parole. Sarà che i silenzi mi sembrano sempre un po' vili.

– Hai letto molti libri, George?

– Mai abbastanza. Ma ogni tanto vorrei azzerare la mente per imbrattare il cuore della prima emozione possibile e scrivertela, e donartela. Come se non esistesse niente prima, come se non esistesse niente dopo, oltre noi.

– Lo hai appena fatto.

V

– Nella gioia c'è qualcosa di fantastico che arriva inaspettato come un miracolo e non lo puoi comprare, non c'è nessun prezzo possibile; a volte è proprio l'impossibile a regalartelo d'improvviso.

Io direi che dobbiamo andare a festeggiare Meli, se mi chiedi se mi sono innamorata dovrei risponderti che aver paura d'innamorarsi di qualcuno ogni tanto è già un po' amore silenzioso. Ma che abbia paura o meno oramai è irrilevante. Abbiamo fatto l'amore ed è stato stupendo.

– Meg, vorrei ricordarti che anche se ormai quest'uomo-sogno abita e perseguita costantemente le tue notti, è sempre un sogno.

– Nessun sogno è veramente e semplicemente un sogno.

– Tesoro, sai quanto io tenga alla tua felicità, ma mentre prima ti dividevi fra lavoro e divertimento, ora mi sembra che tu non esca praticamente più. Te ne corri a casa o se mi chiami al telefono è sempre e soltanto per parlarmi dei posti fantastici dove siete stati. In sogno.

Non è che io voglia infierire, vorrei solo ricordartelo. Hai superato di gran lunga i confini della realtà, non so quanto questo possa farti bene.

– Insomma, io ti dico che sono felice e tu cerchi di smorzare il mio entusiasmo?

– Non cerco di placare il tuo entusiasmo, cerco di ricondurti al briciolo di raziocinio che credo non esista più in te. Prima eri tutta ragione, ora ragiona un po', è anche un fattore di equilibrio, non trovi?

– Va bene Meli, se la metti così non te ne parlerò più dei miei sogni.

– Mi tratti come se fossi una nemica, come se non fossi l'amica che conosci da sempre. Sai benissimo che nelle mie parole non vi è mai nemmeno l'ombra del giudizio.

– Sì, ma evidentemente qualcosa è cambiato, tu non mi capisci più.

Meg da quel momento smise di sentire Meli frequentemente, si parlavano solo al lavoro e spesso e volentieri neppure pranzavano più insieme. Meli all'inizio aveva cercato spesso di riprendere il discorso, era seriamente preoccupata per l'amica, ma per evitare sterili polemiche aveva deciso successivamente di tenersi per sé le sue preoccupazioni.

Quella notte a Torino c'era la notte bianca e si sarebbe prospettata una notte di festa. D'improvviso prese coraggio e le disse:

– Dormi con un spettro, Meg.

Uccidere uno spettro non è facile, richiede molto allenamento e concentrazione.

Perché quando senti che c'è, che ti si siede accanto, ricordi sempre una luce impalpabile come un abat-jour che fa luce all'interno degli occhi e ti oscura tutto il resto.

All'interno però sei sempre sola col tuo buio, quello spettro non può farti una vera compagnia. Non so, forse sono troppo dura, ma vorrei solo farti comprendere l'idea completamente folle che ti balena per la testa da troppo tempo ormai: quella di trovare davvero questo tuo spettro nella realtà.

Questo spettro occupa quella mezza parte del letto solo con la tua mente. Ti serve un uomo in carne e ossa per colmare i tuoi bisogni e per renderti felice.

Perché quando ti svegli, quando questo sogno lo svegli, lì fuori c'è altro, tutt'altro, qualsiasi altro, ma non lui. Lui non c'è e non ci sarà. Non ti spegne i sogni, ma non ne accende di nuovi. Tu vivi per lui, ma lui non vive se non dentro alla tua mente. Tu vivi per chi non è vivo. Ricoprilo quello spettro, mettilo sotto le coperte ed esci alla luce del giorno, del domani. Disarmati e arrenditi. È un'emozione incompleta, Meg.

Stasera è la notte bianca, andiamo a farci un giro. Magari conosci qualcuno come accade di solito nei momenti in cui meno te lo aspetti. Lontano dalle percezioni che ci somigliano ma non esistono. Quest'uomo ti assomiglia, è quello che vorresti.

Ti ha fregato la memoria. La memoria è un albergo che trattiene tutti i suoi ospiti. Ma a volte gli racconta delle bugie per farli restare più del dovuto. E gli promette aria buona che non c'è più e pasti caldi ormai stantii e un panorama sul lungomare che costeggia invece i lungomai. Così il buon viaggiatore scappa di notte, lasciando i soldi sul cuscino e una lettera a se stesso, rivendicando il suo diritto a una nuova felicità. Per non farti fregare devi cominciare a ripartire.

– Sono incinta, Meli. Nel sogno, sono incinta di lui. Stanotte ne abbiamo parlato a lungo.

– Meg, stai delirando. Io credo che sarebbe il caso che ti facessi vedere da un dottore. Non fraintendermi, non prendertela. Solo per un po'. Giusto il tempo di raccontargli questa storia assurda. Lo dico per il tuo bene, fidati.

– Medici. Quando non possono capirti la testa allora decidono che tu l'abbia persa, irrimediabilmente. Sì, ok, ci penserò, dai. Adesso vado a casa, ho sonno.

– Ma Meg e la nostra notte bianca?

– Vacci tu, sinceramente non ho alcun desiderio di rischiare la pelle per vedere da vicino la Sacra Sindone. Parte della nostra anima risiede nell'anima di chi scegliamo accanto. Forse è quest'empatia in realtà a tracciare la linea che definisce l'attrazione dei corpi e che, sviscerandosi sempre più dentro, crea e chiude il cerchio dell'amore.

– È un'ottima considerazione, Meg, ma per avere una reale empatia con qualcuno, questo qualcuno deve esistere. È l'unica condizione necessaria, tutte le altre possono anche modificarsi con il tempo. Il tuo uomo è un sogno, il tuo uomo non esiste. Sei sicura che non vuoi venire?

– No, meglio di no, vado a dormire. Ci vediamo domani, divertitevi.

Meg accese l'auto e guidò freneticamente verso casa.

– Ma che cos'è la normalità?

La normalità è un labirinto con tantissime uscite, ognuno trova la sua e anche la sua via di fuga, e forse ogni tanto si perde e ci si incastra dentro. E l'esser densi di queste innaturali contraddizioni ci salva.

Allora forse son più normale di te, ci credo ancora in questa follia.

Pensò improvvisamente questo di Meli.

– Meglio l'illusione dell'infinito che la certezza del niente, come mi disse George.

Per me esser folli è arrendersi alla realtà senza più avere il coraggio di cambiarla. Sopravvivere all'anima attraverso la disperazione della rinuncia.

Meg si buttò sul letto.

– Questo figlio che aspetto non nascerà mai se non riesco a incontrarti davvero. Ogni giorno oramai mi prendono per pazza. Io so che esistono follie e follie, ma la mia sta diventando recidiva.

– Ho sempre pensato che un padre nascesse insieme al primo pianto di suo figlio, che padre si diventasse così, quando quelle lacrime irrompono nel mondo per la prima volta e danno vita a un giardino eterno in un istante, un giardino che ti fiorisce e ti finisce dentro. Un giardino che curerai e difenderai dal freddo fino alla fine di ogni tua possibilità.

È lì, soltanto a quel punto che potrà comprenderne davvero l'esistenza. Mentre una madre ha in sé ogni millimetro di corpo del suo miracolo dall'istante prima in cui si accorge di attenderlo.

– Nel nostro caso dovremmo rinascere insieme anche noi prima di lui.

– Ho parlato ai tuoi sogni dalla mia voce. Ho parlato loro nel sonno, ma stavolta non per svegliarli e so già che probabilmente non verranno con me. È solo per dir loro che tu mi hai addormentato la ragione, mi hai risintonizzato la vita su frequenze sconosciute. Sarà che l'amore viaggia su frequenze opposte alla ragione, senza formule e soprattutto senza la possibilità di spiegare perfettamente le cose, le azioni e i dettagli che ci spingono in braccio al cuore dell'altro.

L'amore ama, semplicemente, e decide se lasciarsi amare. Non c'è logica e soprattutto non hai sempre la possibilità di trovarlo, il canale, a volte lo prendi a volte no, non puoi farci niente. Resterà il tuo mistero profondo, dall'inizio alla fine, fino all'ultimo. Resterà il più grande mistero mai svelato della nostra esistenza. Per questo se ci prende conviene arrendersi. Lasciarsi stringere.

– L'unica cosa che possiedi sei tu. Donarti porta all'inevitabile rischio di essere scartato, non donarti è la rinuncia al regalo delle emozioni. Se il tuo regalo ti porterà un profumo o un cattivo odore non dipenderà mai né solo da te, né solo da chi lo riceverà, è la fragranza della tua anima e di quella scelta a seminare nell'aria la pace o la tempesta, integrandosi. Fondersi senza confondersi.

Non si può diffondere una fragranza che non si possiede. E c'è differenza fra un profumo e un odore.

Un profumo è in vendita per tutti, un odore è il prezzo che dai all'amore. Unico.

Il vero amore è capace d'invecchiare nella sala d'aspetto d'un tramonto che non tramonta mai. Il vero amore è un semplice miracolo. La semplicità è essa stessa eccezione, qualcosa che rende improvvisamente speciali dei giorni normali.

E d'improvviso Meg notò un immenso pianoforte blu con una coda lunga.

– Il pianoforte è forse l'ossimoro per eccellenza.

È sempre stato il mio strumento preferito. Bianco e nero sembrano volerci dire che non c'è vita senza morte e non c'è morte senza vita. E questo non deve farci paura, solo darci stimoli nuovi per non sprecare il dono dell'esistenza, macchiandola in modo indelebile di miserabili rinunce. Eppure i tasti bianchi e neri se suonati nel modo giusto compongono melodie meravigliose. Come loro siamo allineati gli uni agli altri, ma suonati a caso facciamo solo rumore. L'amore per me è così. Le melodie dell'amore non sono facili o difficili, quelle che riescono bene sono semplicemente miracolose. Si impara a suonarle insieme, a quattro mani. Credere speciali le cose normali, questo è il segreto della felicità, rendere l'ordinario straordinario solo restando insieme. L'amore può mettere al mondo l'impossibile. E sai perché? Perché a volte non è uguale alle altre volte. È lì che capisci che è amore. La volta che ti giochi il sangue fino all'ultima goccia, la volta che spremi ancora dall'impossibile gocce di possibilità.

– Ma le persone che hai incontrato sulla tua strada adesso dove sono? Voglio dire, siamo sempre io e te, siamo solo io e te e io mi trovo benissimo con te. Ma ogni volta che vedo qualcuno apparire in lontananza non riesco mai a scorgerne il volto, la voce, un'espressione in grado di farmi delineare qualche indizio per arrivare a prenderti. Non riesci a ricordare niente di quel che eri, di chi eri, di dove abitavi, di cosa facevi? Come posso sapere, come posso capire se sia lecito trovarti? Se è giusto regalarmi questa possibilità? Quella di venirti a cercare, magari da qualche parte nella realtà là fuori?

– Porto con me le contrazioni del dolore, la danza dell'immobilità, la perfezione di un respiro, le macerie dei fallimenti e l'infinito di chi ricomincia. Portami un regalo dai tuoi sogni e io scartandolo potrò regalarti la realtà.

VI

Take me out tonight, where there's music and there's people and they're young and alive.

La sveglia inesorabile colpì Meg al cuore. Amava quella canzone degli Smiths, era una musica che le addolciva i risvegli, ma quella mattina la svegliò con l'amaro in bocca.

Per una volta che forse stava riuscendo ad avere qualche indizio affidabile, anche solo uno.

Chi non crede nell'impossibile non ama abbastanza, le aveva sussurrato George. Lei all'impossibile ci credeva eccome, altrimenti non avrebbe continuato ad alimentare il suo sogno lucido. Annotò sull'agenda: "Portami un regalo dai tuoi sogni e io scartandolo potrò regalarti la realtà". Andò a documentarsi come non aveva fatto mai su questi sogni per cercare di capire quali potessero essere le aspettative d'incontro, quali le analogie con la realtà.

Si chiama onironautica. Navigare nei sogni, in un cielo di sogni. Focalizzare l'esperienza del sogno lucido è il rendersi conto che si sta sognando. A tal proposito, è necessario ricercare nel proprio sogno dei segnali precisi che indichino chiaramente una situazione bizzarra o irrealizzabile nel mondo reale. La luna blu, eccolo il segnale bizzarro. Ma io già so, lo so di stare dentro a un sogno lucido. Ecco un altro indizio, la luce. Se in un sogno si prova a spegnere la luce, anche forzatamente, provando a spaccare l'interruttore, la luce non si spegne.

– La prima volta che George voleva far l'amore con me infatti la luce non si è spenta. Anche se non avrei avuto bisogno di avvalorare questa tesi. L'ho capito in quell'istante. Non c'è nessuno che possa dirmi invece come fare a rintracciare un sogno ricorrente? Quante probabilità ci sono per intravedere uno spiraglio di soluzione possibile?

Io voglio incontrarti tutti i giorni, non solo nelle capitali della fantasia! Sì, lo so, l'amore è un complemento di moto a luogo, chi sa dove andare non è mai in pericolo e quel luogo è in ogni dove, ma io ho una casa, un lavoro e ogni volta che mi sveglio resta il fatto che dovrò soltanto aspettare un'altra notte per rivederti. Non posso portarti nel mio letto, svegliarti con un bacio, prepararti un caffè. Non posso regalarti l'essenza di una donna che ti cucina una cena di attenzioni, che mette su un film da guardare insieme, che fa una telefonata per ordinare sushi e vino bianco come afrodisiaco di una notte da non dimenticare. Posso vivere con te solo a metà, solo per queste ore. È un qualcosa che comincia a non bastarmi più. Ecco che gli occhi si soffermarono su un'altra lettura:

"Quando c'è amore la vita è fantareale. Forse l'amore è davvero irreale e irrompendo nella vita la rende vera, più che reale. Perché la realtà è senza esperienza, siamo vergini ad ogni giorno nuovo, ma l'amore è anche l'unica forma di non limitazione possibile, è concretizzare e non idealizzare, nasce spontaneamente senza aver provato prima a piantare il suo seme scoprendo se è adatto o meno per un determinato clima o per un giardino. E per quanto saggi ci sembrino i consigli degli altri sul senso profondo dell'annaffiare i fiori con i pian piano della parsimonia, chi dosa la sua acqua col contagocce è sempre insensato e mai molto saggio, perché l'amore ha in sé una caratteristica inconfondibile e universale: l'assenza di limiti.

Preoccuparsi è facile. Preoccuparsi riesce bene un po' a tutti. Alcune persone ci fanno spesso capire e sentire che si preoccupano, basta semplicemente continuare ad essere quelle che sono, sempre piene solo di doveri e sguardi severi, dita puntate, giudizi. Mentre occuparsi è più complesso. Richiede una grande consapevolezza di sé. Focalizzare gli schemi e romperli, mettere a nudo il coraggio, il tempo, i sorrisi e nessun senso profuso di verità assolute da dispensare come caramelle, quelle più amare che restano sempre nella scatola. Preoccuparsi è giocare da solo, occuparsi è cercare una soluzione, scambio, partecipazione, gioco di squadra. Ecco, l'amore è occuparsi, la paura è preoccuparsi. Non esiste di certo una giusta formula per salvarsi, ma le persone che ho incontrato sulla mia strada, quelle che si occupano, non è che non si preoccupano poi, lo fanno. Ma si aprono la chiusura ermetica e s'infilano la leggerezza, si spendono allargando le braccia. E di sicuro allargando le braccia si sta meglio in equilibrio sulla vita. (Demian Sinclair)"

Ci sono assenze che mietono molte vittime, imprigionate fra il ricordo d'esser liberate o l'estasi di esser vinte per sempre. Sono lì sedute sulle rive della vita, aspettando che il mare si congeli, in attesa di scelte migliori. Utopie. Sarà meglio riciclarmi altrove, detesto i contenitori di plastica. Ho scelto di andar via da troppi amori che non soddisfacevano i miei bisogni e mi sono incastrata con un sogno, innamorata persa di un uomo che forse non riuscirò mai a scovare in nessun luogo.

Sì, lo so. Non cambierà mai la geografia di certi sguardi. Eppure mi piacerebbe da morire incontrare questo sguardo, mentre mi sbatto alle spalle questa maledettissima porta e quando la riapro alla sera.

Non devo pensarci più, non devo, altrimenti finirò per impazzire. Basta, sono stanca! Chissà George se stasera tornerai. Devo assolutamente dedicarmi alle mie traduzioni tutto il fine settimana. E forse ha ragione Meli, dovrei richiamarla e chiederle di uscire. Sono stata ingiusta con lei e probabilmente comincio ad essere ingiusta anche con me stessa.

– Sono l'uomo con la valigia, sempre pronto a salpare anche col mare forza 9.

È un viaggio unico, fra le mie parole di carta, fra i sogni che diventano progetti, quello che ti ho offerto. Ma se vai non tornare, la nostra barchetta saprai che può affrontarne uno solo. Oppure salta su. Sul cuore. Per abitarlo, non per distruggerlo. Per una volta decidi tu per me, portami dove ti pare, presentati tu a prendermi. Non è tardi per dirmi quello che avrei voluto sentirmi fare. Ma se non sei per me, balliamo l'ultimo lento e slegami l'anima, perché la vita va troppo veloce per dei passi fuori tempo. Io sto partendo!

– George, sei tu che devi slegarmi l'anima. Io vorrei tanto incontrarti, ma mi sembra di restare sempre ferma. Mi hai fatto conoscere posti bellissimi di cui ignoravo l'esistenza. Ma non ho potuto comprare niente da riportarmi a casa. Da riguardare su un mobile per sorriderne o soffrirne, come gli oggetti d'amore, quando te li dona qualcuno, qualcuno che hai amato. Ognuno di noi ha posseduto piccoli oggetti, cose impersonali, di cui nessuno dall'esterno avrebbe potuto nemmeno lontanamente riconoscerne simboli d'amore, ma che ci siamo donati reciprocamente a dimostrazione di un sentimento. Oggetti buffi a volte, a tradire la nostra età anagrafica, perché qualsiasi età uno abbia, quando si innamora ritorna adolescente, almeno per un po'. Ci portiamo dietro questi oggetti in giro per la vita, li teniamo vicini, li viviamo, li tocchiamo, li accarezziamo, gli attribuiamo proprietà quasi sovrannaturali, a volte. E se mai quel rapporto dovesse finire, non riusciremo più né a guardarli né a gettarli via, quasi avessero un'anima propria, una propria energia e quasi potessimo intaccarci la coscienza nel commettere un crimine supremo nei confronti di un ciclo andato. Sono sparsi per casa come immobili e, siccome è ancora lì sul mobile anche la nostra anima, lì li lasciamo, tentando di non incrociarli, guardandoli con la coda dell'occhio, avvicinandoci guardinghi. Vorremmo riprenderci solo l'anima e invece non appena li sfioriamo ci scorrono dentro capitoli di storia a due. E finché l'anima non torna non ci diamo pace. Ecco, la mia anima non torna e probabilmente tutto questo mi priverà anche dei miei ricordi. Ti sembra giusto, George?

– Nemmeno i ricordi ti sono dovuti, se li hai è perché li hai guadagnati attraverso il tuo passato. Per questo voglio credere che non esista nessun ricordo così tanto sconveniente da indurti a smettere di ricordare.

Credo che l'amore abbia un punto di non ritorno, un punto che una volta varcato non ci permette di tornare indietro. È in quel preciso istante che ci si spoglia dei vestiti razionali e ci si tuffa in mare, dimenticando il salvacuore, anche se non sappiamo nuotare. E forse quel punto ogni volta diventa l'incoscienza più preziosa della nostra vita.

VII

Meg si svegliò. Era l'alba. Aveva sognato ancora meno del solito quella notte. Solo pochi flash, pochi sprazzi di George. Forse lo sconforto prendendo il sopravvento indeboliva pian piano i suoi sogni. Questo pensiero però la preoccupò notevolmente. Non voleva lasciarlo andare, ma non sapeva come trattenerlo davvero.

Quella sorta di limbo emozionale era sempre più snervante e quelle ultime parole, poco prima del risveglio, le suonavano già sentite, prima che George gliele dicesse nella notte.

Era domenica e Meg si era data appuntamento al solito bar per un aperitivo con gli amici. Stranamente arrivò in anticipo, perché non era più riuscita a riprender sonno. D'improvviso vide da lontano Melissa agitare le mani e accelerare il passo dicendo: Ti devo parlare, ti devo parlare.

– Che succede?

– Ieri ero a cena da alcuni amici. Mi sono sentita poco bene e ho chiesto di poter andare in bagno. Uscendo per caso l'occhio mi si è posato sul «Time», sai, sarà la nostra deformazione professionale.

L'ho preso, mi sono seduta sul divano e ho cominciato a sfogliarlo. D'improvviso ho visto questo.

Meli tirò fuori dalla borsa un foglio stropicciato che odorava fortemente d'inchiostro.

Blue Moon, La luna blu, un libro di Demian Sinclair.

– Demian Sinclair, devo aver già letto questo nome da poco. Stavo cercando degli articoli sui sogni lucidi, insomma, sì, avevi ragione Meli, mi sono un po' fissata con questa storia. Ma mi piacerebbe tanto capire se quest'uomo esiste veramente e se ho anche una piccolissima possibilità d'incontrarlo.

La luna blu è la mia luna, esclamò Meg sorridendo. Meli, grazie, magari per caso troverò una soluzione al caso, un indizio quantomeno per decidere con calma, anche se ultimamente la calma non è il mio forte, se continuare la mia ricerca o arrendermi, a malincuore.

Ti ricordi quella notte che come due pazze abbiamo girovagato per Verona senza sosta e io avevo liquidato prontamente...

– Sì, uno dei tuoi amanti passeggeri. Ti ho detto una frase, la ricordo ancora. Spesso ci ostiniamo a tenere in piedi cose che non hanno avuto la forza di sfidare il vento. Ci mettiamo noi controvento a camminare al loro posto. Ma l'amore non ha bisogno di essere convinto, l'amore è sicuro di sé. Per cui forse non è amore, per cui forse meritiamo altro vento. Sì!

E ci siamo messe a gridare a squarciagola: Per ogni sogno che va a puttane ce n'è sempre uno che resta!

Lì sotto l'Arena, già oramai senza voce, dopo quel meraviglioso concerto del Liga, e continuare a intonare la sua canzone: "Non si può sempre perdere per cui giochiamoci, certe luci non puoi spegnerle...".

Iniziò intanto a leggere l'articolo: "Credo che l'amore abbia un punto di non ritorno, un punto che una volta varcato non ci permette di tornare indietro. È in quel preciso istante che ci si spoglia dei vestiti razionali e ci si tuffa in mare, dimenticando il salvacuore"... Meg ebbe un sussulto tale da bloccarle per un attimo il respiro. La frase che le aveva detto George la notte precedente. Una frase che le risuonava già da un po'. Luci che non si spengono.

Demian Sinclair, l'autore del libro *Blue Moon*, in coma per un incidente d'auto a Londra.

– Devo immediatamente procurarmi questo libro, Meli.

– Se vuoi ti accompagno, anche se temo che non riusciremo a trovarlo oggi. Passiamo un attimo da me, così cerchiamo su Internet gli indirizzi delle librerie aperte la domenica.

– Sì, grazie. Aspettiamo gli altri e dopo andiamo. Non dire niente a nessuno, mi raccomando.

– Ma figurati, lo sai che i nostri segreti restano tali da quando eravamo bambine.

VIII

– Il nostro tempo è il sogno, ma magari il vero sogno è la vita che sto facendo, mentre quel che credo sogno è la mia realtà e la mia realtà vorrei che fossi tu. E se la mia vera realtà fosse in realtà un sogno potrei finalmente viverti senza intermittenze. La gente spesso esprime desideri e chiede che i suoi sogni si avverino. Io semplicemente vorrei non risvegliarmi più e vivere solamente i miei sogni.

Quando incontro te e noi riceviamo in dono la fortuna dell'ubiquità rompo la monotona armonia del mio universo, ricomponendola di entropica follia.

– Meg, le finestre nei sogni si aprono al contrario.

È impossibile separare la realtà dalla sua dimensione e rappresentazione fantastica.

– Dunque siamo a metà? È un purgatorio dei sensi?

– ...se è un purgatorio è nostro perlomeno, non è per caso questa una canzone che canti spesso?

Non siamo forse anche noi vittime del gioco? Quando ci improvvisiamo scrittori di pagine di vita che non possiamo collaudare prima della partenza, né ripetere?

E che non sempre fino in fondo ci appartengono?

Attraverso la fantasia sublimiamo la realtà.

Posso dirti soltanto una cosa. Lascia decidere al cuore. L'amore è quella parte di follia che rende fantastica la nostra realtà. Il cuore non sente ragioni. Se le comincia ad ascoltare troppo c'è un tassello che non va, che ormai è fuori posto o non si è incastrato mai. Allora, siccome l'amore è un incastro di possibilità inesauribili, se manca anche solo un tassello, l'incastro diventa impossibile. Ci sono cose che la nostra mente è in grado di comprendere facendo attenzione, ma non potrà mai partorirne davvero l'essenza senza una scheggia di follia che colpendo la ragione mette al mondo l'impossibile. Ho un corpo estraneo nel cuore, una scheggia impazzita. E siccome nessuna radiografia potrà mai mostrare come siamo fatti nei pensieri, ci sono persone che si fermano appena sotto la pelle e le puoi solo respirare, impossibili da rimuovere.

Chi ti ama ride sul latte versato fino alle lacrime e non umilia mai un sogno, perché non è stuprando i sogni che nasce la realtà, ma nemmeno umiliandoli. Ho sofferto molto fino ad oggi. Ho sofferto in silenzio, perché non ho l'abitudine di attaccare i miei dolori al muro degli altri. Il dolore è un silenzioso amante che vorrei tradire senza sensi di colpa con la felicità.

– Ce la faremo, George, a incontrarci, a vincere il dolore? Chi è Demian Sinclair, lo conosci?

Il futuro può arrivare in ritardo? Oppure può anticipare gli eventi? Siamo in ritardo su tutto o siamo in tempo per qualsiasi cosa?

Come posso fare a cercarti fuori se non ricordi più niente di te?

– Nei nostri corpi vivono tante vite in segreto, non solo una, le scopriamo a poco a poco, assaporandoci, studiando i modi, quando siamo insicuri di essere davvero sicuri di noi stessi.

Non facciamoci imporre dal destino l'impegno scontato di uno squallido dopocena.

Rifiutiamoli certi inviti. Usciamo dal retro. Pretendiamo il nostro tavolo prenotato col panorama sul tramonto onirico dell'anima.

D'improvviso Meg focalizzò la ruota panoramica di Londra e lassù, fissando il suo sguardo su quell'occhio immenso, incastonata come uno zaffiro in quel cielo di gomma, vide quella luna blu che sembrava quasi incandescente ad accenderle le lucciole nell'anima.

– Un po' come metterti le mani davanti agli occhi e chiederti: "Chi sono?". E tu saprai riconoscermi, perché la mia aria invisibile avrà il tuo colore. È così che ci bussa l'amore. La luna ha un potere incredibilmente purificante, quando la fissi sembra poterti dissetare di verità. Che tu cresca d'età, di chiarezza o di volontà, la luna resta la stessa, immutabile a ricordarci che dagli abissi si risale. Ricordi la prima volta che ci siamo incontrati? Nel nostro primo sogno? Mi parlavi di un uomo, un uomo che sapesse amare. Ci si insegue a volte con tutte le forze e poi ci si raggiunge solo attraverso le fragilità. Dobbiamo preservarla questa nostra fragilità. Perché a volte la forza spezza e ci divide, mentre la fragilità sa unire e con le sue disarmanti verità sa far incontrare. L'amore è sempre in pericolo, ogni giorno. Ci lamentiamo a volte della sua fragilità, ma è sempre attraverso le fragilità che ci si riconosce e riconoscendosi si può stare attenti a non appoggiarlo dove può cadere. Le cose preziose sono sempre fragili, vanno difese.

So che può sembrarti paradossale, Meg, ma ti ho dato tantissimi segnali per trovarmi. E per ogni risposta che non mi dai, so qualcosa in più che nulla toglie all'idea del sogno, anzi ne alimenta la prospettiva verso il nostro fluire. Ci sono due parole che insieme hanno le ali, arrivano a posarsi su una spalla, scendono e sverginano gli angeli con l'incredulo stupore della verità. E con la nostra lingua riempiono le pareti di un'altra bocca. Non tutte le parole ci riescono a baciare l'anima, solo quelle due, quelle due soltanto.

– Ti amo, George, credo di non averlo mai detto a nessuno nella mia vita.

– I veri sentimenti sono venti che ti travolgono l'aria spostandola, non li vedi ma li senti. Il vento, il vero vento ti soffia dentro anche quando non c'è più un filo d'aria.

I veri sentimenti non fanno mai corrente con la finestra. Sono venti freschi di respiro. E il respiro è presenza.

Fare il trasloco dell'anima non è impresa facile o difficile, è impresa probabile o improbabile. Non esiste sporco impossibile per un'anima permeabile all'amore. Potranno passare tutti i giorni della vita, anch'io non ho mai amato prima di te e non so se amerò oltre e dopo te. Ma se ti perdi per ritrovarmi, entra in me ed esci da te stessa, perché potrei sfidare l'universo con il potere dei tuoi occhi. Non ho molto, ma vorrei che fosse tuo perché è tutto quel che ho. Scambiamoci l'anima in sogno, così saprai che non mento.

E Meg baciò George assaporando le labbra.

– Esistono baci inediti, come lo stupore della prima lettura, come la prima volta che vedi il mare, che guardi il mondo dall'alto in basso attraverso le ali di un aeroplano. Inediti non come il primo, ma come se ogni volta fosse il primo, il primo passo, il primo volto, il primo brivido, la prima gioia che ti fotte attraverso il dolore. Un loop che rimbomba, ritorna, spacca dentro. Estasi e tormento.

Voglio aver fatto mille errori e aver riparato solo a novecentonovantanove perché alla resa dei conti l'ultimo si chiama amore.

IX

Meg si svegliò a casa di Meli con una strana malinconia. Il suo ultimo sogno lo ricordava alla perfezione, quasi meglio degli altri. In più decise per la prima volta di darsi malata al lavoro per andare alla ricerca di *Blue Moon*.

– Tesoro, non appena ti sei appoggiata sul letto sei crollata!

– Non ti preoccupare, forse sono prossima all'esaurimento.

– Vuoi che ti accompagni? Le traduzioni possiamo riprenderle stasera.

– No, andrò da sola, almeno proverò a farmi anche una passeggiata rigeneratrice.

Iniziò il giro di tutte le librerie, nonostante sentisse quella punta di dolore che conosceva bene nel cercare la sua luna blu. Una gioia pulsante con il cuore pronto a rompersi. È questa la paura?

Trovò il libro nella libreria internazionale del centro, l'unica che avrebbe potuto averlo, la prima in cui Meg avrebbe dovuto provare, l'ultima invece in cui era entrata. Lo pagò in fretta con le mani tremanti. Uscendo dalla libreria provò l'impulso irrefrenabile di buttarlo nel cestino. La sua Torino era cupa come non le era mai sembrata. Che assurdità. Poteva probabilmente attraverso questo Demian Sinclair riuscire a carpire un metodo reale per incontrare il suo George, ciò che aveva sempre sognato realmente e profondamente. La copertina completamente blu, la fotografia di quella luna così simile alla sua, al suo sogno, e un uomo e una donna stilizzati, che si tengono per mano, disegnati sul cemento, a dimostrare forse che il paradiso è in terra e a volte decidiamo di calpestarlo.

Forse molto ci spaventa quando arrivati al dunque non riusciamo a coglierne tutte le sfumature o abbiamo timore di coglierle?

Si buttò sul libro con occhi voraci, seduta sul letto, con la schiena sul muro, senza cuscini, ad assaporare freddo e frescura, prese coraggio e lo aprì.

– C'è una festa in maschera stanotte nei pensieri. Tu da cosa ti mascheri Meg?

– Non ho pensato a portarmi dietro una maschera, mi ero già addormentata quando ci siamo ritrovati qui. Ho comprato un libro e...

– Ma da cosa ti mascheri quando non dici quel che pensi?

Meg restò un attimo in silenzio guardando George negli occhi. C'era una strana atmosfera, immersa in tutti quei coriandoli blu sparsi dappertutto.

– Ecco, in questo istante tu credi di non parlare e invece lo stai facendo. Ma son sicuro che spesso invece dovresti parlare e non lo fai.

Forse le parole più preziose sono quelle rimaste qui, all'interno degli occhi, trasformate in gocce ma non in lacrime e che non cadranno mai, regali non detti, incastonati come perle nell'anima.

– Come fai a sostenere che il non detto sia quel che di più prezioso porti con te? È per tutto il non detto, per la trascuratezza dei piccoli particolari che ci si perde.

– L'amore non è un gioco e nemmeno ci si gioca senza ammettere che sia un gioco. Abbiamo tutti paura di esporci, di soffrire, è normale che sia così. Non so perché, ma ho smesso di lasciarmi sedurre dall'ambiguità. Quando resti zitta lasci libero spazio alle tue interpretazioni. Ma quando non comunichi all'altro i tuoi bisogni sei tu stessa a volerti disilludere. Te l'ho già detto che i silenzi sono sempre un po' vili? L'amore è la storia fra le mani, devi saperla leggere e scrivere. Il silenzio è una maschera che spesso indossi per non scegliere mai, le circostanze che crei per poterti voltare se l'altro non si volta. Ma se non dici: "Voltati!" per una volta almeno, forse è più comodo andar via, non credi? L'amore non è implicito. Può nutrirsi di riservatezza, ma ha fame di verità. E la verità ama cantare ed essere ascoltata. È preferibile stonare e riallineare i toni che vestire le emozioni in maschera senza comunicazione. E allora Cenerentola, puoi fare scacco al principe solo quando ti muovi. Se il tetto della casa è panoramico anche le stelle parteciperanno al compleanno dell'anima. La luce dell'amore è come quella delle stelle, è una mappa a stampo diretto negli occhi e senza bisogno di navigatore è innata allo sguardo. E lì comincia il sogno. Quando è il tempo di viversi, finalmente. E sai cosa ti dico? Le alternative ai sogni non vivono in terra, sono già morte. Poche persone quando arrivano mettono le mani nel cuore senza manipolarlo, senza spostarlo. Sono quelle che poi non se ne vanno mai del tutto con il nostro cuore fra le mani... C'è una parte sempre in fiore in noi, che si rigenera anche mentre provi a raccontarla. E tu, ragazza in fiore, non dire mai a un uomo: "Sei mio", se non gli hai messo le mani nel cuore.

– Ma George, cos'è questa strana malinconia? Mi hai ricordato di un episodio che mi è successo molto tempo fa. Un ragazzo, uno dei tanti che ho lasciato andare. Gli ho risposto che non avevo tempo per l'amore. La sera ricordo di aver pensato che probabilmente ci sono cantanti o suonatori, che essere entrambi è difficile.

– Se mi domandi perché ti amo, io non so e non posso risponderti. È semplicemente perché è te che voglio e vedo accanto me, è semplicemente perché sono io che mi voglio e mi vedo con te, è solo perché siamo e in quel verbo c'è la vita. Se tu non pensassi più, io sparirei dentro te, ma dentro me tu resteresti sempre e comunque. Sai una cosa? Ed è l'unica cosa che so, l'unica certezza che ho. Mi ricorderò di te anche quando mi scorderò quasi tutto di me e forse anche oltre. La pelle non la freghi, è lì che sta la memoria. I segni sono lividi che scottano, non te ne liberi. Se andrai m'inventerò un'inutile amnesia a ricordarmi che il mio cuore è un po' più mio, ma io non lo possiedo più perché tu sarai già altrove. Equidistante dalla mia nostalgia. Mi chiedevo se mi sottrai qualcosa. Mi chiedevo se ci perdo e se sì, che cosa? O se invece è l'unico sistema per tenerti ancora qui, fra le mie ciglia invisibili e la carne. Sono un cannibale innamorato della tua carne e per averla mi svenderei anche l'anima. Ed è sempre più carnale della carne l'amore, perché chi c'è, c'è sempre, anche da lontano. Ma se abbiamo le mani oltre all'anima è per toccare un desiderio immenso da vicino. Se un sogno avesse un'anima sarebbe come la tua. La mia anima, l'anima dei miei sogni probabilmente se c'è vive in te. E allora vieni adesso, vieni nuova, selvatica, vienimi a prendere adesso, ora che ho voglia di mangiarti, ora che ti chiedo di scovare il mio corpo là fuori nel mondo. Non vorresti sbranarmi, dilaniarmi i pensieri, annientarmi i respiri e mordermi da dentro? Ora che la brace è il confine fra fine e inizio, fra preso e perso, fra vicino e lontano. Fra carne e anima.

Ora che il fuoco è acceso, ora che puoi rovesciarmi sul tavolo la tua indecenza, apparecchiarmi di sospiri, allargare le gambe al mio domani e arrenderti. Sono i tuoi occhi a farmi luce dentro, quando mi guardo a fondo e metto a fuoco quel motivo in più per esser sulla strada anche domani. Se esisto, se avrò un domani nato dalle rovine del mio ieri quello è di nuovo con te, accanto ai piedi con cui pesto ombre di noi. E non cadremo se ci ruberemo i passi.

– Non lo sai che non mi basterebbe camminare secoli al buio per dimenticare un solo lampo di questo sogno di vita con te?

– Più vogliamo tenerci le cose accanto, più le vogliamo vicine e più le perdiamo, George.

Certi sentimenti sono come le farfalle, emozioni che semplicemente ti appartengono anche se non si appoggiano mai del tutto, ma poi vengono a morirti sulla mano, vogliono regalare all'amore l'ultimo battito di vita, l'ultimo respiro. È un po' ingombrante la parola *sempre*, è un po' ingombrante la felicità, proprio per questo è capace di farti tutto il bene e tutto il male del mondo, quando se ne va. La libertà non si fotografa, non si mette in trappola. Ma se distogli lo sguardo torna. Sembra il senso della vita, inafferrabile, polvere magica, vicina e lontana ma sempre dentro, indomabile preghiera di domani, priva di santi, non ci credo, priva di eroi, colma di noi, piccoli mondi, veri, un po' segreti, un po' svelati, un po' musica e un po' parole. Un po'... per un po' d'amore.

Rinviamo continuamente di pulire la polvere dell'addio che polverizza altra polvere e nuova polvere nasce ancora. Me ne accorgo perché anche la polvere è un mistero d'amore, quando ti sembra che cada dalla luna e che la sua essenza sia nell'aria, la stessa che respiri e che può dare allergia al respiro se non è pura. E si rigenera continuamente, tu non lo sai perché. Apro la porta del destino e da qualche parte sotto al suo letto sta la mia anima, come la polvere.

Forse non dovremmo vederci più.

– Sai cosa credo? Credo che tutti siamo nati per brillare di emozioni. Chi brilla meno non è un uomo che vale di meno, soltanto qualcuno non programmato a sorridere sempre, perché la vita l'ha punito troppe volte.

Forse non abbiamo il diritto di pretendere la felicità, forse bisogna evitare di guardarla dritta negli occhi, un po' come le farfalle. Se provi a prenderle muoiono, devono volare libere e d'improvviso ti si posano sulla spalla per ricordarti che è quella la felicità. E poi lo rimani a guardare, il piacere, quasi si alzasse dalla sedia, quasi ti salutasse con un sorriso a ricordarti che sembra scalzo l'equilibrio, si ferisce e inciampa, batte la testa ma non perde la memoria, quasi a ricordarti che il sesso è come la vita e in ogni orgasmo c'è una punta di dolore.

Tu, così abituata a spostarti un attimo prima del tocco delle mani di qualcuno, tu così brava ad andar via un attimo prima dell'arrivo, tu desiderata più di ogni cosa ma ferma laggiù, fra le cose che non ho. Non ti amerò mai così tanto come quando ti lascerò andar via, mentre tutti i nomi delle cose riecheggeranno il tuo.

Eri già il mio stato d'attimo prima del principio di tutto. La distanza ci divide e il pensiero ci unisce, fino a quando il sole è seme dalla luna nascerà il giorno del ritorno, sempre più chiaro della stessa evidenza. Se vuoi svegliarti lasciami almeno il tuo amore in sogno. Il mio amore ti amerà anche se da sveglio resterà senza di te. Svilupperò un momento perfetto in sogno, la mia foto alla tua anima.

Ecco, stai ferma così... Spero di venire bene nella foto della tua vita, Meg.

X

Meg si stropicciò gli occhi, quel bellissimo sogno stavolta le era sembrato quasi un incubo, era quasi un sollievo essersi svegliata. Aveva il libro fra le mani e quel magone fedele amico di tutta la giornata tornò ad accomodarsi accanto alle sue mani. Era riuscita a chiedere anche al suo amato sogno di non tornare, proprio adesso che forse il gomitolo si stava sciogliendo per diventare lana calda sul domani.

Prefazione
Scrivi a te stesso e a quella parte di te che non è mai tornata, che fosse un pezzo d'anima, di corpo o di cuore, che fosse scorrevole o cerebrale.
Scrivi alle mani, saldamente attaccate a un volante in corsa, in chilometri di fiducia e stanchezza, a sciorinare gli argomenti dell'amore per tenerti sveglio. Scrivi alle lacrime, al profumo, a quelle lettere di nessuno, quando non arriveranno mai a destinazione. Ti porti ancora addosso il suo peso leggero e le molecole d'incertezza. Alcuni sogni devi ammazzarli in fretta, prima che facciano male e ammazzino il cuore, mors tua

vita mea di pensieri acquedotto a riempirti fino all'orlo e farti scoppiare di necessità. Non ci si dimentica, non ci si smette di raccontare. Ci si smette solo di guardare, di riposarsi accanto, di portarsi un caffè e di darsi il buongiorno.
Si impara a convivere con la mancanza, con l'assenza, ma non con una nuova felicità, in attesa che ci sorprenda magari, ma su altri canali.
Scrivi alla porta, perché hai sempre pensato esistessero un'unica entrata e un'unica uscita. Mentre ti accorgi che c'è un solo modo per entrare e infiniti modi per uscire senza essersene mai andati via davvero. E ci si resta accanto senza saperlo, a spiarsi i pensieri, le percezioni, le visioni, ogni tanto si finge di averlo dimenticato, ma tutto ritorna solo apparentemente in ordine. Poi basta una goccia fuori posto a inceppare il meccanismo interiore, perché il cuore non vuole proprio sentire ragioni. Scrivi a un bel respiro, quello necessario a gonfiare un palloncino di emozioni, quello che ti occorre per trovare le parole, quello che se si blocca è orgoglio, per questo uccide.
Scrivi alla sottile differenza che c'è fra andare e fuggire. Non si mette al sicuro il pensiero, scappa di notte, va dove vuole. Più lo mandi via più lacera le distanze e fa cerchi nella memoria, non ti lascia dormire, è la goccia di un lavandino che non puoi riparare.
Scrivi al freddo, quando ti scopre il cuore e non distingui più il senso di un brivido, quando orienti le tue stagioni sulla finalità di sconfiggere il male peggiore anziché assecondare la felicità, troppo impegnato a condire un ricordo lasciando bruciare pane e speranze. Ti sembra la stessa lei dentro di te, ma forse non lo è, non lo è più o non è stata mai la stessa che credevi tu, bastava accorgersene, certo, da domani è semplice rimproverarti, di solito hai il desiderio di dedicarti a progetti più importanti che a edificare macerie o no?
È che: "il mio vivere è come me lo rubi, non come me lo dici", per questo le hai regalato il tuo alfabeto, la voce della tua vita. Hai tutti gli elementi necessari a

dimostrare il tuo teorema, ti manca solo una cosa essenziale, la formula della saggezza. Eppure non vuoi essere saggio, vuoi essere felice, accorgendoti di vederla la felicità, ma fingendo che non ci sia, fingendo di non riconoscerla, lì ferma al semaforo, appena prima della tua ripartenza. Così che non si senta in soggezione e ti accompagni nel tuo viaggio, per un po', a questa condizione, non essere invocata mai ad alta voce, non essere mai soffocata da un raggio diretto.
Scrivi per chiedere da ateo al cielo, ma dove va a finire l'amore quando muore? Probabilmente cessa, probabilmente è polvere, calpestata dal domani. Ma dove va quando va via senza morire? Dove si posa e in attesa di che cosa? Forse sulla smania di riprendere, riavere, rincorrere, riacchiappare quello che ci sfugge. Un luogo sempre nuovo per ritornare al vecchio. Non hanno bisogno del navigatore per navigare i pensieri. Le persone esistono o esistono per te. Quando esistono per te si muovono fra le tue cose, impaurite o coraggiose, stando attente a non toccare niente, a non scivolare, oppure spaccando tutto e lacerando gli spazi di condivisione con uno squarcio all'anima. Ma in ogni caso, quando esistono per te, che tu lo voglia o no, ti arredano la mente in modo differente, sia quando entrano dalla porta principale sia quando escono dal retro. E tu non sarai più uguale. E la verità è che pochissime persone ci arredano la mente in modo differente e quando se ne vanno niente è più uguale, nemmeno l'eleganza dell'anima. L'amore cambia abbigliamento al cuore. E ora scrivo a te. E se per un attimo, mentre aspetti un treno o un aereo, ti si fermerà il cuore, non ti spaventare, è solo amore che passa nei ricordi.
Esiste un luogo dove io e te vivremo sempre. Non cambierà mai la geografia di certi sguardi.

E Meg richiuse il libro, così di colpo, senza fiato.

Non cambierà mai la geografia di certi sguardi.

D'improvviso prese a tremare. Accese il computer e cercò sul motore di ricerca: "Demian Sinclair".

Scrittore, trentaquattro anni, precedenti non particolarmente entusiasmanti. Fermato due volte in stato d'ebbrezza, due romanzi prima di *Blue Moon*, entrambi senza particolare rilevanza né successo, un matrimonio andato in fumo pochi giorni prima di esser celebrato. La Luna Blu racconta di un amore tormentato fra lui e una donna conosciuta per caso a una festa, ma in realtà è una sorta di autobiografia in cui l'autore mette a nudo se stesso, sviscerando anche i suoi dolori, i suoi drammi esistenziali e il suo lato più oscuro, regalandoci anche delle vere e proprie lettere d'amore, indirizzate alla sua amata. A pochi giorni dall'uscita del suo romanzo Demian ha un incidente ed entra in coma e il libro inizia a vendere tantissime copie. È tuttora ricoverato al Great Ormond Street Hospital di Londra.

Meg riaprì il libro:

I miei dolori non li ho mai delusi.
Li ho sempre riportati a galla, ne ho sempre sentito il grido di aiuto mentre mi voltavo, e l'eco e il richiamo se mi ero spostato già un po' oltre, un po' più in là.
Ma lo scopo non è capirli, tu dentro già li sai e li riconosci, tu razionalmente già sai sempre tutto.
Chiudevo scatole bucate sotto, loro come un druido diabolico, una specie di fumo ipnotizzante, uscivano e indisturbati nuotavano nell'aria. Ero lontano dal mare, nuotavano lo stesso, fino al largo di me, in tutte le circostanze possibili, non rifiutavano mai gli aperitivi della memoria. Ma d'altronde dal sangue non ci si nasconde. I nostri brindisi erano a base di sangue.
Allora, mentre annaspavo nel dolore mi chiedevo come mai è il baratro a guardarti più che il cielo, è il pozzo profondo a tenderti le mani più che l'altezza di una nuvola. E mentre lo fissi ti sorride a tradimento, ti sposa con un rito di subdola religione, l'unica che non hai mai rinnegato per tutta la vita, l'amore.
Dolore, l'omega del nostro alfa-amore.

Perché quelle lettere d'amore viscerali, quelle da togliere il fiato, quelle in cui verseresti anche l'ultima goccia dell'ultimo calice bevuto insieme, sono quelle di quando il tuo amore è andato sul marciapiede, lontano chissà dove a scambiare le lucciole per una lampadina tascabile. Ormai.
Sono quelle scritte sulla carta igienica. Quelle senza francobollo, quelle che mai spedirai, quelle che esprimono il tuo desiderio più profondo ad alta voce, quelle che hanno messo la ceralacca al destino. Ti soffermi sulle parole "Ti am(av)o più di me stesso". Perché se ti è passata ancora non lo sai. Poi ti sembra troppo, hai la sensazione che il tempo che passa allontani il senso di un incontro di un passo alla volta. Cambi le coordinate ai sentimenti e vorresti che ti cambiassero, che cambiassi, che arrivasse una notte diversa. Ti appoggi alle spine per farti pungere, ma sono rimasti solo petali secchi, i ricordi. E nemmeno ti pungi più, ti fa quasi paura. E da fuori, il fioraio sulla strada ti bombarda di sciocchezze per convincerti a comprare altri fiori. Ma non ce la fai.
Vorresti uno sguardo del terzo tipo addosso, la sorpresa a cui non vorresti rinunciare, per non farla rimanere la più bella cosa mai successa della tua vita.
E se cambi fiori, non cambi il cuore a cui vorresti regalarli. Puoi mandarli a chiunque, riceverli da chiunque, sapere che lei li riceverà da chiunque e tu da chi ti vorrà. E tu non vorrai. Vorresti salvarti la pelle senza cambiarla di un millimetro. E allora la bruci.
Ma ti accorgi che hai voglia di qualcuno che sappia cosa sei. Che riconosca il tuo arrivo dal tuo fumo e profumo, misto, denso e nero come la tua anima. Poi scavalcare la luna e accendere la luce e intravedere sfumature blu impercettibili sul nero. Capire che la luna ti toglie il mantello e sotto c'è il cuore, a strati da scalare.
E forse succede.
Succede che per una volta non vincano atti mancati.

Succede di morire felici e contenti. Perché l'eternità non t'interessa, ma deludere il dolore sì. E uno schiaffo a due che ti desti nuovo, con quelle rughe così interessanti da far morire di vita, della tua, due occhi che sanno sempre cosa dirti, la tua colonna sonora muta. I graffi del tempo rendono più luce a un viso e ne abbelliscono i contorni, se si nasce sotto il segno dell'amore. Le cicatrici non le inganni e quelle vere, quelle di chi ha amato davvero, non amano il trucco. Sono orgogliose di farsi mostrare. Il dolore è un silenzioso amante che vorrei tradire senza sensi di colpa con la felicità [...].
Vorrei baciarti come un giuramento da spergiurare – non accadrà più – e sapere che sarà quest'attesa a far combaciare perfettamente le labbra ancor prima del tempo scelto da noi per noi.
Baciami avida di tutto quello che vuoi sapere di me e a parole non ti dico.
Baciami umida di voglie di mare a divenire spuma, perché il tempo è un tiranno inesorabile, il tempo è atroce carnefice di secondi in attesa di essere consumati dalla carne.
Slacciami i respiri, infila la mano nelle mie cose, mentre provi ad addomesticarmi e ti accorgi che non puoi, non sono solito a compromessi e allora ti arrendi a fare la gattina, con le unghie impigliate fra la schiena e il cuore.
Baciami sporca di sogni densi, lucidi e incoscienti, baciami piena, dura, scorrevole, come sono le mie mani prensili di vita.
Non lasciar morire i miei domani di anoressici respiri, falli mangiare attraverso muscoli di avidità, incidili di buoni umori, lasciami ricordare com'è il tuo odore quando non ci sei.
Inginocchiati sul mio destino che non concede di venire in fretta, non si lascia gestire né gestisce, si prende la testa e l'anima. Per una volta almeno. Quello che dev'essere sarà, l'inevitabile non si siede mai ad aspettare, si ramifica dal centro del cuore sulla planimetria

dell'universo. Se faccio il faro tu fai la luna, illuminiamoci attraverso, che aspettarsi è un modo di restare legati nel tempo.

Nei nostri corpi vivono tante vite in segreto, non solo una, le scopriamo poco a poco, assaporandoci, studiando i modi, quando siamo insicuri di essere davvero sicuri di noi stessi.

Non voglio più recitare un copione che si ripete, la stessa parte, sempre uguale.

Mescolo le mie vite, il corpo resta uno e come una roulette russa gioco a eliminarmi.

Ogni inizio è già iniziato dal dolore, non siamo vergini ai fenomeni dell'amore, ma niente, nemmeno la fortuna può muoversi sui piedi di chi sta fermo.

Per una volta almeno raccontami una favola vera, per una volta almeno, fammi morire di te.

Così siamo il passatempo di sveltine di sentimenti, ci consumiamo in amplessi fugaci e in vite vissute come vengono, cioè insensate, perché ciò che viviamo così come viene è sempre insensato, se il senso non sappiamo darglielo noi. Siamo un controsenso, viviamo controtempo, andiamo contromano, ci mettiamo controvento, ci prendiamo in contropiede. Ma Controcuore non possiamo andare.

– No, non è possibile, me lo disse George in sogno.

Il cuore di Meg ormai batteva all'impazzata. In quel preciso, infinitesimo, microscopico istante aveva messo insieme milioni di parole già ascoltate e capito di colpo che il protagonista del libro di Demian Sinclair era George Cabot.

XI

Il mio mestiere? Architetto. Sogni. Ma anche buttafuori. Dell'anima.
Mi piace la gente che ha un chiodo fisso su cui attaccare il cuore e che sale sulla scala dell'infinito, si affaccia alle finestre del cielo per appenderlo senza riserve nella sua vita. E lo dipinge a mano, l'amore, ed è l'unico quadro che gli resta nei paesaggi della memoria.
Mi piace la gente che quando fa l'amore si parla fortemente coi respiri e se ne dice così tante di parole che qualcuna rimane fra le lenzuola, sporche d'anima e di orgasmi di stelle, fino a contenere, nell'attesa della prossima volta, anche i silenzi e l'infarto di un'emozione che la rimette al mondo più viva di prima.
Amo la gente che scarta i sentimenti come caramelle e le manda giù intere, senza pensare alle conseguenze. Che ride o si uccide, non ha vie di mezzo. E si strozza d'amore, regista indiscussa di ciak di vita, coraggio e memorie.
Amo la gente che si ama, che sa amarsi. Ha un vestito migliore, cucito addosso con l'ago dell'anima. E lo regala, senza guardare la misura. Perché l'amore non si prova, si indossa direttamente.

Che ci sia una stupefacente architettura nel disegno di un fantastico destino? O forse dobbiamo essere noi a imparare dalle coincidenze il mestiere di sorprenderci, senza perderle? Non lo so, però all'alchimia delle anime io ci credo e continuo a fare il mio mestiere di piccolo cittadino col suo posto nel mondo.
C'è una cosa che la vita non ha la capacità termica di distruggere, il calore del nostro coraggio. Lo stupore inatteso, imprevisto, di chi non sa recitare d'amore ma solo improvvisarsi nuovamente protagonista di un'emozione.
Le finestre nei sogni si aprono al contrario. Allora forse dovrei lasciar fare un percorso inverso ai miei sogni.
Tu sei il percorso inverso dei miei sogni. O si svegliano o muoiono, non c'è via di mezzo. In ogni modo è un moto circolare che riconduce sempre allo stesso punto. Forse perché dovremmo imparare a salvarci da soli dai sogni di nessuno o forse perché non è ancora arrivato nessuno davvero a salvarci e a rifarci sognare.

Meg non aveva la testa per leggere quel libro continuativamente. Lo apriva a caso, sbirciando qua e là, come quando si vorrebbe arrivare a tutti i costi alla fine per sapere come va a finire. Ma in quel caso le sembrava di poter assistere, attraverso quelle righe, alla fine del suo amore.

Le frullavano dentro un turbinio di dubbi, fondi, profondi, vicini e distanti, e non si sentiva in grado di prevedere né se stessa né le sue reazioni. Con il cuore in subbuglio e una girandola di pensieri.

In preda a un sentimento a metà fra il panico e la disperazione, in un gesto di stizza fu tentata di strappare le pagine di quel libro. Disillusa da un sentimento probabilmente già morto ancor prima di iniziare. Come ti può mancare quello che non si è avuto mai? E quale medicina avrebbe potuto acquistare, in una farmacia qualunque, in grado di fare una completa pulizia interiore e di rendere quelle pagine bianche, inesistenti, completamente anonime e prive di senso? Nessuna.

Perciò riprese a leggere, spegnendo la luce, la radio, chiudendo la finestra per evitare di sentire rumori inutili. Sì, certo, George, il suo George non esisteva, ma chi era Demian Sinclair?

Forse aveva preso ispirazione da qualcuno per il suo libro, forse George avrebbe potuto essere un suo amico, sì, ecco, un amico d'infanzia, il suo più caro amico. L'amico che da sempre aveva invidiato perché puro, profondo e… continuando a leggere:

> La serenità non s'invidia, si conquista con il coraggio di spogliarsi dalle abitudini nocive. È un lavoro duro. Abbiamo un imprinting sentimentale che ci serra a doppia mandata le emozioni, le incanala in sovrastrutture rigide. Ma i veri sentimenti sono venti che ti travolgono l'aria spostandola, non li vedi ma li senti. Il vento, il vero vento ti soffia dentro anche quando non c'è più un filo d'aria.

Ma perché illudersi, George non esisteva, George era semplicemente il personaggio del libro *Blue Moon*.

Leggeva una dopo l'altra le frasi che le aveva sussurrato nei sogni, perché George non era altro che il protagonista di quel fottutissimo romanzo.

Avrebbe voluto farsi svelare quel segreto dolcissimo e inquietante, ma da quella notte smise di sognarlo. Smise di sognarlo per sempre.

Forse i segreti una volta svelati non hanno più senso e si stancano di farsi desiderare. E in quel momento svaniscono, in quel momento si perdono.

Ma assurdamente Meg leggeva nel libro anche alcuni suoi pensieri, quelli che George avrebbe potuto ascoltare solamente nel suo sogno, solamente dalle sue labbra.

– So quanto è assurdo amare chi non sa amare e soprattutto quanto è dura amare chi non vuole amore.

Questa frase la dissi a Meli tanto tempo fa, perché in fondo io sono così. Io non voglio amore, non l'ho mai voluto davvero. Forse penso di non meritarlo. Non ricordo neppure il contesto in cui dissi questa frase, e la ridissi a George, mentre eravamo come due pazzi inondati da un'esplosione di follia sulla ruota di Londra. Com'è possibile trovarla in questo libro?

Ma perché? Perché non esisti, perché? Devo assolutamente capire chi è riuscito a descrivere un uomo talmente meraviglioso da renderlo il mio sogno. Volevo farne un progetto di vita sensazionale.

Decise però che avrebbe voluto conoscere Demian, aiutarlo, fare qualcosa per svegliarlo e parlargli.

Era l'ultimo spiraglio per poter venire a capo della sua bizzarra avventura.

XII

Meg partì per recarsi a Londra e dopo un po' di ricerche arrivò all'ospedale dov'era ricoverato Demian.

Appena lo vide, disteso sul letto, con il respiratore attaccato, le palpebre serrate, gli sembrò confermata l'idea d'aver inseguito un amore artificiale.

Lo fissò a lungo, soprattutto per l'incredibile differenza fisica fra lui e il suo sogno trasformato nel suo incubo peggiore.

Decise che avrebbe completato la lettura del libro lì con lui, magari a voce alta. Non aveva mai creduto molto nella possibilità di un risveglio miracoloso. Ma in fondo tentare non avrebbe sicuramente potuto peggiorare le cose.

Iniziò la lettura, aprendo come al solito una pagina caso:

> Preferirei lo sporco al bucato controvoglia.
> Le centrifughe di mancanze tanto mi lavano solo in superficie.
> Chi dosa i sentimenti in superficie di sapone ne mette sempre troppo poco.

E sai di cosa ho veramente paura?
Di finire come te, nella tua lavatrice. Con quel tuo misurino avvilente.
Con il tuo dosatore d'amore a mezzo carico.
Calore umano sotto zero. Infeltrito.
Sai che c'è amore mio? Da oggi spingo stop, mi lavo a mano.
Non sarò di cashmere, ma ci tengo alla morbidezza sulla pelle.
Spendo qualcosa in più di te, per un flacone che non inquini l'ambiente e soprattutto che non sia misurabile.
E sono molto più fresco di prima.
Mi stendo al sole, senti che bel vento.
Perché d'amore si vive.
Perché ci si lava e ci si sporca d'amore, ma l'amore è un capo delicato. Bisogna scegliere la giusta temperatura del cuore.

Leggendo quelle parole le bussava la coscienza. Era più che logico che Demian non aveva potuto scrivere nulla che fosse per lei, eppure si sentiva nuda, forse per la prima volta, dinanzi a un uomo nemmeno in grado di poterle dare le risposte che avrebbe voluto.

Continuò a leggere.

Ti sto chiedendo amami.
Ti sto chiedendo arrampicati sulle mie parole verticali, lanciandoti, imparando a indossare anche il paracadute dei miei silenzi.
Ti sto chiedendo amami. Che quando avremo le vertigini faremo attenzione a non guardare giù, per volare ancora e per ridarci le radici, che il posto non è il luogo, il luogo è l'amore ed è in ogni dove.
L'Amore è un luogo vero e proprio che racchiude tutti i nostri altri luoghi interiori, è un modo di abitare la vita. Ed è l'ogni dove fondamentale attorno a cui ruota l'intero viaggio dell'esistenza.
Ti sto chiedendo amami. Non restare sulla porta e non lasciarmi sulle scale, affidati all'equilibrio che i tuoi

piedi già conoscono, è solo il primo passo ad aver tanta paura.
Ti sto chiedendo amami, non vorrai aggrapparti a fughe infinite, indossare museruole emotive per mascherare la voglia di mordere la felicità.
Ti sto chiedendo ascoltami, chi si ama riceve in dono la fortuna dell'ubiquità e potrai sentirmi ovunque. Ti abbraccio e sento l'anima come nelle conchiglie, sarai marea.
Ti sto chiedendo rompi la monotona armonia delle paralisi planetarie e ricomponila di passi, di presenze, anche da lontano per creare l'infinito, duri pure quel che sia.
Trasformami nell'uomo che vedi perché sai che esiste, ha solo bisogno di completare il mosaico di domani con la cheratina dei fili sottilissimi dei tuoi capelli.
Ti sto chiedendo inarcami la schiena con le mani, sollevami e mentre attorno tutto dorme tu svegliami e chiedimi: vuoi ballare con me in mezzo alla stanza?
Sorprendimi non con regali, non con l'Australia, ma con il tatuaggio di un sogno sulla parte sinistra del cuore, un OttoVolante infinito, per poter viaggiare senza bisogno di agenzie di viaggi, di navigatori, di programmi precisi. Essenze e presenze, io, tu e il caos.
Non sei venuta a far la coda, sei venuta a percorrermi, senza barriere, senza caselli.
Ti sto chiedendo amami, cementa una sedia al centro dell'amore, sediamoci a incastro sull'orlo di un desiderio e se dondola basterà un origami di carta a far da fermo per un volo migliore.
Ti sto chiedendo amami, che se per molti è un vanto quel che danno di sé, il mio vanto sarà in quel che tu sei e sarai per me.
Ti sto dicendo guardati, la tua foto mi sorride e mi sussurra che avresti la faccia di una che potrebbe essere felice, tu non sei mai così bella come quando guardi me.
Ti sto dicendo amami e bruciami fino a far diventare il mio incendio cenere, spegnendolo con il tuo corpo, una candela liquida mentre mi lecchi con la mente le delizie del desiderio.

Ti sto chiedendo amami, rideremo delle insolazioni, delle insoluzioni dei nostri irrisolti problemi, gremiti, affollati in una piccola zona d'ombra, per ritornare a cibarci del sole.
Ti sto chiedendo amami, iniziami al secondo tempo del film della mia vita, antagonista dei miei ciak, dei miei tempi morti e sperpera con me l'impossibile per restare povera di luna, per sverginare gli angeli della perfezione, per smettere le ali e camminare a piedi, sfiniti, sorridenti, con qualche ruga in più, più belli anche per questo.
Ti sto chiedendo amami, al parco dei pensieri, con il giornale in mano della condivisione, a passeggiare l'erba della serenità, senza cogliere i fiori, soltanto le occasioni, i sospiri del vento. Senza indossare maschere né di bellezza né di cera, a sfumarci il viso solo di sensazioni e fra i cortocircuiti dei miei errori, elettricista del perdono, illuminami con le tue diversità, senza voler ragione e senza darne, che le carezze sono irragionevoli, sono prose e poesie, mescolate al quadrato.
Ti sto chiedendo amami, ti sto chiedendo senza chiederti, perché se mi ami già lo sai e l'emozione è sfrontata ma mai pretenziosa. E allora arrivami nella mia vita precedente a dare precedenza al pathos, a scoprirmi romantico senza farmi ammalare di gelosia, nella protezione e nella dolcezza che sono petali della stessa rosa. Sii la mia rosa. Non ti coglierò.

– Infermiera, se non sono troppo indiscreta vorrei chiederle se Demian ha lasciato scritto qualcosa prima dell'incidente e se ci sono possibilità che si svegli. Non sono una parente e in realtà non sono nemmeno una sua amica. Diciamo che sono stata molto intima di una persona a lui molto cara, ecco, per semplificarle la storia. Non è curiosità morbosa, avrei davvero bisogno che si salvasse. È l'unica persona in grado di risolvere una questione molto delicata che mi sta a cuore.

– Signorina, l'unica cosa che abbiamo ritrovato accanto è un libro, un'altra copia dello stesso che lei tiene in mano, mi sembra. Credo ci fosse dentro una dedica. È lì, nel cassetto, lo prenda se crede.

Lo abbiamo lasciato lì apposta. Il signor Sinclair sembra non avere parenti, nessuno è accorso subito dopo l'incidente. È di origine inglese, ma non originario di Londra. Per ora non ha mostrato nessuna reazione agli stimoli esterni. Sulla base delle possibilità di recupero valutiamo lo stato vegetativo permanente dopo dodici mesi dall'evento traumatico. Sono circa tre settimane che si trova in questo stato. Ma riguardo alle possibilità di salvezza, in queste circostanze non si sa mai. Mi chiami pure se ha bisogno, sono in servizio per tutta la notte.

Prese il libro e lo aprì. Vide per la prima volta la calligrafia di Demian in una dedica blu sul bianco della prima pagina. Dovremmo sempre continuare a scrivere lettere, anche a mano. C'è una diversa intimità nel leggere qualcosa scritto dalla nostra calligrafia. Una parte del nostro dna che si allontana per fondersi con quello di un'altra persona.

Quando mi affido all'incoscienza dei sogni mi sento più responsabile, perché riesco ancora a visualizzare certe magie troppo leggere per esser viste da chi vuol toccare quello a cui non crede. Mai sottovalutare gli effetti collaterali dei sogni.
È pericoloso sporgersi dai piani alti di un sentimento. Siamo giocattoli nelle mani della memoria e il nostro cuore se cade non si riaggiusta più. Forse i sogni sono sempre sogni e non dovrei toccare nulla, ma sono un bambino. Mi arrampico per volare.
Ho visto milioni di visi svanire nel niente, milioni di vite in arrivo e immediate partenze ingiustificate. Sadiche promesse schiantarsi contro muri di gomma e la lenta dissolvenza del calore nel momento in cui il freddo punge le ossa. Ma anche l'amore che scagiona dalle attese. E mi accorgo che per questo sono al

mondo. Per essere pelle della stessa misura dei sogni. Mi hanno detto che non bisogna mostrare il cuore, altrimenti qualcuno lo asporterà come un trofeo da esibire in una teca sul mobile stracolmo di cimeli di guerra. Mi hanno detto una bugia. Il mio cuore sta sempre al suo posto. Non è invadente, ma tenerlo fermo non mi è mai piaciuto. Considerando che la nostra carica non è infinita a un certo punto dovrò comunque arrendermi, prima o poi. Sì, ma non ora, non ancora. Il brutto è quando il sangue ti si coagula nel petto prima del tempo, non quando ti sei ricucito le vene con l'ago dell'anima. Il respiro a singhiozzi non m'interessa, voglio farne uno puro, da intossicarmi la mente se c'è smog in terra o fuliggine nel cielo. Brindo ai posti dove non siamo stati, all'esigenza di viversi senza dosi precise di tempo, strategie di sorta, manipolazioni del cuore, tattiche a renderci vittime e carnefici, intercambiabili. Mi spiace, ma io non ho un telecomando per i sentimenti. Se ci sono, li mostro, e soffiano cielo, se si spengono precipitano d'improvviso nei ghiacciai dell'inferno, se li vivo sono il mio purgatorio più vero, estremo. Il mio cuore non sintetizza i sentimenti come il fegato fa con l'alcol. Se potessimo vedere il nostro fegato alle prese con lo smaltimento dei rifiuti, capiremmo che anche il cuore si rifiuta di appartenere alle sintetizzazioni. Epatiche emozioni che fanno girare la testa e tutti i dettagli degli occhi in una sbornia di sogni. Mi rifletto. Non voglio vivere per qualcuno che sia solo me stesso. Voglio sentire gli uccellini cinguettare nei polmoni al suono di un respiro. E se la mano è giusta, loro non avranno paura di appoggiarsi. Sanno che non verranno messi in gabbia o strangolati, sanno che verranno nutriti con un impasto di anima e sogni. E gli verrà il singhiozzo, ingoiando un sospiro di paradiso. E se poi dovrò soffrire, benvenuto dolore maledetto. Vorrà dire aver riprovato quel semplicissimo gusto di dire a una donna: mi piaci e vorrei uscire con te. Vogliamo dare troppo spesso un tempo alla durata dell'amore, cerchiamo di quantificarlo. L'amore per

me dura il tempo che deve durare, ma per farlo durare penso che si debba imparare a rendersi e considerarsi unici. E riconoscere che è quella persona che vuoi, e la difenderesti sempre come prima cosa. Lei è ciò che resta sulla Torre con te.
E allora non spergiurare la parola *Sempre*, prometti la parola *Ora*, e rinnovala ogni giorno.

– Che strana scrittura che hai Demian e chissà per chi era questa dedica. Chissà a chi era destinato questo libro. Questa frase, tu non lo sai, ma tramite te mi è stata detta in sogno.

Meg continuò a muovere gli occhi sulle righe:

Il libro della vita non è un destino scritto di per sé, è l'insieme di due calligrafie che si fondono volontariamente e i sogni non stanno nei cassetti. Sono liberi, i sogni.
Tante volte fuggiamo da noi stessi per scrivere altrove e quando ci fermiamo siamo uguali a prima.
Solo un po' più stanchi. Stanchi di futuro astratto. Stanchi di passato sulla strada. Stanchi di presente incastrato fra due proiettili da estrarre ancora.
Perché dovremmo solo imparare a darci una direzione. La corsa da sola non mette punteggiatura alla vita. Sarebbe bello non capirlo alla fine.

Poi Meg saltò con un'irrefrenabile compulsione alla fine, sfogliando rapidamente le pagine visibilmente consumate.

Per te che non so chi sei. Forse tu sei nata nella parte buona del mondo e io sono nato in quella cattiva e per questo non ci siamo ancora incontrati.
Ma noi siamo al mondo per questo, per le cose buone e per quelle cattive, per comprendere il leggero passaggio delle nostre piccole grandi anime su questo pianeta.

Io un ossimoro vivente, fra il desiderio e la negazione, da un pezzo ho scoperto che sia che tu sia colpevole sia che tu sia innocente, quando vai via dalla vita di qualcuno in preda alla tua confusione mentale, a torto o ragione che sia, scopri che fai del male prima di tutto a te stesso e alla tua vita, oltre che a chi stai lasciando sulla porta.
Oggi ho sbagliato strada, sono finito nel mondo parallelo dell'anima.
Cercavo uno sguardo del terzo tipo addosso.
Come ritrovarsi in un altro mondo senza volerlo, senza saperlo. Magari la strada del ritorno puoi indicarmela tu. Portami via da tutte le cose che non sei tu, tanto non posso arrivarci senza te.
Sono stato capace di provare a svuotare il mare dal sale con un secchiello bucato per lei. Ma non ho mai sentito il desiderio di tuffarmi nel mare offerto da chi non misurava l'amore col secchiello. Voglio sperare che cambierà. La speranza nuda e cruda, senza troppi lustrini, quella che non si siede nei salottini chic, quella da osteria, dovremmo sempre invitarla a cena. È con lei che incontriamo qualcuno o qualcosa. Ti ho pensato d'improvviso, anche se non mi stai cercando, anche se forse ancora non ti conosco, anche se non so chi sei.
Se avessi saputo chi sei ti avrei telefonato per dirti: Sono felice, mi sono perso.
So che non sei più lei, questo sì. Mi sembra un bel passo avanti nel labirinto di rose della mia anima.
Ché nell'aria stranamente c'era odore di bucato, l'odore di quelle lenzuola che si scambiano impressioni sulle notti passate. E tutto intorno girasoli sfrontati.
E lo sai, non lo so se ho più paura di cambiare o di non cambiare più.
E lo sai, non lo so se ho più paura di innamorarmi ancora o di non innamorarmi più.
Ci sono persone che non restano nemmeno se le lasci andare, tradiscono i luoghi comuni a cui ingenuamente ci aggrappiamo per coltivare inutili speranze, già morte, senza più radici.

Ti invito a restare anche se non sei mai arrivata.
Ti invito a cambiarmi la pelle lasciandomi la stessa, perché solo così si può scegliere di cambiare davvero.
C'è un tempo per tutto, ma se non vieni inventati una scusa, così per stanarti verrò a prenderti io.
Per il troppo amore si ama male, a volte. Da ogni balcone per farci perdonare si dovrebbe poter mettere una cannuccia nella luna e bersi il suo cocktail di desideri estremi. Saprebbe un po' di Sex on the beach il cocktail della luna?
Non ti senti un po' meglio mentre gocciola il respiro dal bicchiere del cuore? Amo il silenzio che mi fai dentro, quando desidero dormire per svegliarti e riconoscerti.
Lascia pure lottare i tuoi giorni e le tue notti. Stremati dovranno arrendersi. Riprenderanno a fare l'amore perché c'è bisogno di entrambi per dare vita al tempo.
E come tu sai, l'amore è audace solo quando scippa il tempo alla vita. Non appena smetto di ripararmi dai tuoi sguardi sotto un ombrello invisibile esce il sole.
Riportami a casa. Chi porta con sé un pezzetto di cielo non perde mai la strada, non è mai del tutto al buio.
Io un pezzetto ce l'ho, sembra stia nella parte buona del mondo.
Sembra voler diventare una piccola storia.
Ti aspetto nudo. Non servono i vestiti per sentirsi coperti dal calore di una gioia improvvisa.

XIII

– Demian, Demian, chissà se mi senti.

Sai, prima che iniziassi a sognare il tuo George, mi dicevo di non essere in grado di cambiarmi la voce. Non so perché, ma non mi è mai piaciuta un granché. Eppure spero che possa essere utile stavolta, perlomeno perché vorrei tanto parlarti e farti alcune domande. Sì, forse sono una donna egoista, d'altronde mi è stato detto spesso dagli uomini della mia vita. Che poi definirli uomini della mia vita è dire troppo, visto che scappo sempre, sono sempre fuggita. Forse è giunto il momento che ti racconti io qualcosa di me. Sono un po' arrabbiata con te, ma in realtà sono più arrabbiata con me stessa, per aver alimentato una follia.

Non so in che stato di coscienza ti trovi. *Coscienza*. Che parola strana. Quando mi affido all'incoscienza dei sogni mi sento più responsabile, lo so, lo so che lo sai anche tu. È un pensiero comune. Chissà adesso se stai sognando, orgogliosamente, dentro a un mondo parallelo come quelli che io stessa ho attraversato. Sai che alle volte una parola la ripeto così tante volte, come fosse una trottola che gira, gira e gira ancora che mi sembra quasi perda il suo significato? Ti capitava mai Demian, a te che giochi con le parole? Anch'io ci gioco, sai? Io sono italiana, non inglese. Forse potresti anche ridere del mio accento, se ti svegliassi. Sarebbe già qualcosa. Eppure chi lo sa, oggi penso che l'incoscienza dei sogni debba fidanzarsi con il coraggio delle scelte terrene. In modo diverso da te, anch'io sono un ossimoro vivente.

Continuo a leggerti il tuo libro.

Meg sorrise.

Affondare su un divanetto, i piedi sul tavolino e un cocktail che suda dal bicchiere.
E contare le sigarette dentro a un pacchetto nero come fossero giorni, senza sapere quanti e come passeranno per abbracciare il suo cuore che è via, verso nord.
Attorno solo gente che si diverte, che non si guarda dentro più di tanto e che sorride solo quando ne ha voglia, forse solo se beve. Cosce sottili, trucco sfacciato e schiene nude. E nella musica assordante immaginare lei. Lei bellissima quando ride e anche quando piange. Lei e i suoi occhi silenziosi, due piccole gocce che vivono in segreto nel mio sguardo, due piccole gocce in grado di annegarmi e ridestarmi l'anima. Lei e le sue piccole orecchie, lei e la sua piccola voglia di fragola sopra il sopracciglio sinistro, dove passano le coincidenze di tutte le linee della mia mano. Lei che mi ha frugato dentro e che ha messo ordine nel cuore e nella casa senza toccare niente. Lei che avrebbe detto che non esiste un posto più triste di una discoteca.
Conoscere gente e sapere che non ricorderò mai i loro nomi e non capire più la differenza tra lo scrittore e il suo personaggio e soprattutto sentire di non andare bene per qualcuno ma sapere di avere una vita intera per poter cambiare e riconoscere di volerlo fare. Per sé ancor prima che per quel qualcuno. Potrebbe essere la soluzione a buona parte dei problemi irrisolti.

Meg si toccò la fronte poco sopra il sopracciglio sinistro, dove nascosta dal trucco c'era quella piccolissima voglia di fragola che aveva sempre considerato un po' buffa e che cercava sempre di coprire in tutti i modi.

– Dire che non ci capisco più niente, Demian è dir poco. Ogni tanto sembri aver descritto me. Ti prego, svegliati.

C'è un'élite che amo ancora frequentare. Quella che non compra le sue scelte con carte prepagate, tra "ti amo" tossici che tolgono il respiro.

Il mondo è fatto di merda e meraviglia, non ci sono dubbi. Sta a noi scegliere di quale delle due cose terremo esempio e memoria. Il Paradiso è soltanto un sostantivo, per renderlo vivo dobbiamo fissarlo nell'anima.

Non basta cercarsi dentro ai sogni che non sanno finire, la realtà è un'altra cosa.

Le notti d'amore non smettono di attendere l'alba nemmeno quando si ubriacano di punti di domanda. Perché a volte bisogna proprio scoparsi il cervello per uscire indenni dall'emozione che scarti e ti ingoi senza pensare. E con il cuore ubriaco correre all'impazzata senza il timore di schiantarti, perché te ne scordi dei freni, se ami.

E c'è chi è bravo a giocare al non-gioco dell'amore mentre altri non ne imparano mai le regole.

Credono di vincere e invece perdono. La vita è un aldilà di smarrimenti e confusioni, ma al di qua chi ama non si fa mai comodamente i suoi comodi.

Appar_tenersi . la lunc – lioloƨ ol. Fino a chc punto una semplice linea di confine divide inesorabilmente un "di qua" e un "di là"?

Perché essere al mondo per me vuol dire farlo girare su un dito e impazzire anche per il giallo di un limone se puoi spremerlo per darlo a chi ami. E farci limonate di pensieri, coreografie di ghirigori e movimenti. L'amore è una danza, uno strappo ai legamenti del tempo che continua a danzare ugualmente. Implacabile, nonostante il dolore. Un turbinio di tremila debuttanti che sfondano contemporaneamente le quattro pareti del cubo dell'anima.

Sì, perché nessuna vita è illesa, anche se solamente sfiora un sentimento.

È incredibile ritrovare nel tuo libro alcune frasi che mi ha detto George. Devo ancora abituarmi all'idea che quest'uomo non esista, che è la proiezione di ciò che probabilmente avresti voluto essere e non sei mai stato. Associo il tuo sguardo a una sorta di maledizione, c'è come un polo diamagnetico che mi allontana dalle tue corde. Però vorrei tanto che ti svegliassi, vorrei tanto parlarti, capire, conoscerti, sapere. Sì, sto diventando noiosa e tanto ripetitiva, ma tornarmene a Torino lasciandoti qui così, non so, mi mette addosso una sensazione di freddo triste. Hai mai associato le condizioni climatiche di un evento alla felicità? Forse dovrei leggermi anche i tuoi due libri precedenti per rendermi conto di chi sei.

Meg riprese la lettura.

> Scrivere è un po' come regalarsi l'immortalità ancor prima di andarsene altrove. Che tu ci creda o no, in un paradiso perfetto o artificiale, che tu vi giunga o meno non è rilevante.
> Questo libro è un testamento vivente e spero che qualcuno venga a cercarmi prima della fine.
> Chissà perché, ho sempre avuto timore dell'amore romantico. Non volevo farmi sorprendere, forse nel dubbio di essere incapace di restare fedele a una sola donna, a una sola idea, a una sola vita. Forse non ci sono mai riuscito perché non sono mai stato fedele a me stesso ancor prima che esserlo alla stessa donna, alla stessa idea, alla stessa mia vita. L'ho tradita, deturpata, macchiata di crimini contro me stesso. Mi sono architettato attentati alla gioia. Perché l'amore è soltanto così, se è un po' meno di troppo già non basta.
> Questo è un tentativo di parlarti di me, chiunque tu sia. Questo è il mio messaggio nella bottiglia per la

salvezza dei sensi. Se morirò, vorrei rinascere con te.
L'amore muore dove non c'è costanza. L'amore si spoglia di se stesso se non è curato, nutrito, ascoltato. È un bambino che ha bisogno di attenzioni, di cure e premure.
Io forse non ho amato mai o forse nessuno mi ha amato mai abbastanza da farmi sentir degno d'amore.
Ma sono un sognatore.
Noi bambini non abbiamo altra scelta che invecchiare così, grandi sognatori.

Meg in quel momento si sentì un po' l'alter ego di Demian. Leggendo quelle parole era come guardarsi allo specchio e vedere riflesso quell'uomo inerme, alimentato con un misto di sale e destrosio, con una voglia di vita probabilmente spenta dalla sfortuna.

L'uomo che non deve chiedere mai, in realtà, ha perso la voce.

La donna che non distingue i complimenti dal vero interesse ha perso la bellezza. La bellezza ha per forza una voce, quella del coraggio.

"C'è chi pensa che siamo in viaggio verso la felicità. Per me i viaggi conducono alla consapevolezza di quel che vogliamo. Qualsiasi cosa decidi di essere, sii il prodotto del tuo amore. Il diritto ad essere davvero noi stessi è la meta che ci guadagniamo attraverso quel viaggio. Tutta la vita è un viaggio verso e dentro noi stessi. E la felicità sta tutta nelle gambe del nostro coraggio.

Voglio una donna bella davvero, di una bellezza inarrivabile nemmeno da chi usa la bellezza per mestiere, perché negli occhi avrà il sorriso di chi sfida la vita, con l'umiltà di vincerne unicamente il dolore. E lo farà e saprà farlo al di là di me, ma restando con me darà una luce diversa anche ai miei occhi e sarò più bello anch'io, sarò migliore e lei sarà miss anima nel mio mondo.

Io non sono immortale, la mia anima forse non lo è, ma se anche si chiamasse coscienza, se anche si chiamasse lampo di infinitesima luce interiore, riuscirò a scorgermi immortale negli occhi e nel sorriso di una donna che avrà dentro l'immensità".

– Ogni tanto mi sembra quasi che questo libro tu lo abbia scritto per me. Ritrovo tante frasi che George mi ha detto in sogno.

Mi sembra di dover fare un collage fra due personalità, una pura e l'altra maledetta. Chissà quale delle due parti di te ameresti far ritrovare? Chissà quale prevale in me. Hai paura adesso George?

Oh, Demian, ho avuto un lapsus. È che forse nelle favole si spera sempre che non vincano gli atti mancati. Nelle favole ci sono sempre professionisti dell'anima che in un battibaleno ti risolvono tutto e ti montano e smontano la felicità come i mobili dell'Ikea. E i cattivi nelle favole non vincono mai. Eppure, se non esistessero i cattivi, le storie non avrebbero una fine, non credi? E forse neppure un inizio. Con cosa lotterebbero i buoni e per cosa soprattutto? Posso dirti che sotto sotto ho sempre parteggiato per i cattivi? Forse perché ogni tanto sono stata definita anch'io così, la Crudelia De Mon dell'amore. Forse perché sotto la scorza dei cattivi vi è un cuore buono in attesa di essere scoperto e spesso solo tanta paura che questo accada. Ma poi esistono i buoni o i cattivi? Siamo tutti un po' vittime e carnefici, non trovi? Che devo dirti, forse sono sempre stata l'antagonista della mia vita e mai la protagonista. Come scoprirlo? Raccontamela tu, una favola vera. Svegliati. Sei un bell'uomo, Demian, ma molto diverso dal personaggio che sognavo. Che strano. Chi potrà mai dirmi se non tu come avevi immaginato che fosse George Cabot? Sarebbe davvero come lo sognavo io, con le stesse labbra, le stesse mani?

Meg fissò la bocca di Demian e le sembrò che le sue labbra si muovessero appena, accennando un lievissimo sorriso.

– No, non devo lasciarmi suggestionare. E soprattutto, considerando che la mia permanenza si protrarrà, devo trovare un modo per lavorare da qui.

XIV

Meg prese dalla borsa lo specchietto per rifarsi il trucco e si accorse che gli occhi di Demian seguivano le sue mani.

– Demian!

Infermiera, infermiera, il signor Sinclair ha aperto gli occhi!

– Aspetti, questo non vuol dire niente! Comunque più tardi ci penseranno i medici a visitarlo, vada a prendersi qualcosa, la chiamerò io quando arriveranno. Fra l'altro non può stare tutto il tempo qui, fuori dall'orario di visita. Non possiamo sempre chiudere un occhio.

– Preferirei restare se è possibile. Non do fastidio. È necessario che io gli parli per testare se ci sia o meno un vero miglioramento. Tanto ero abituata a non riposare molto prima di... insomma non sarà un grave problema per me restare qui.

Demian, riesci a sentirmi? Mi vedi, soprattutto?

So che non mi conosci, neanche io conosco te, ma conosco una parte di te, quella che è in questo libro.

Meg gli poggiò il libro sulla pancia, spostò la mano fino a incrociarne le dita e lui le strinse il pollice con lenta delicatezza.

In una sensazione mista fra gioia e incredulità, Meg urtò il libro che cadde in terra.

Lo raccolse e fece per togliere l'orecchio che si era creato sul foglio.

– Vediamo cosa posso leggerti di tuo adesso, Demian.

Dottore, allora – disse Meg, appena intravide il camice bianco sulla soglia della stanza.

– Il signor Sinclair era in coma semivigile, non gliel'hanno detto quand'è arrivata?

Faremo tutti gli accertamenti del caso, l'ematoma cerebrale si stava riassorbendo. Il signor Sinclair ha avuto un incidente in auto, guidando in stato d'ebbrezza. Comunque l'iter, una volta risvegliati, è tutto in discesa. Lei è la moglie?

Non è mai venuto nessuno a trovarlo.

– No, sono un'amica.

– È possibile che il paziente abbia delle amnesie, quando ci si risveglia si è sempre in stato confusionale. La capacità di miglioramento dipende dal soggetto, ovviamente, ma sono certo che sia stata determinante la sua presenza. Nessun uomo nasce per stare solo, tutti abbiamo bisogno di qualcuno. Il non sentirsi amati è molto più traumatico dello stesso trauma cerebrale che il nostro paziente ha subìto.

– Sono d'accordo con lei, dottore.

– Ora vedremo nei prossimi giorni quali risposte verbali ci darà il signor Sinclair, se ce le darà soprattutto. Vedo che gli sta leggendo dei libri.

– Sì, è un libro scritto da lui. Probabilmente gli ha riattivato qualche stimolo interiore.

– Bene. Mi auguro che ci siano presto delle novità interessanti, la ringrazio per essere venuta.

Qualsiasi motivo l'abbia spinta qui è stato provvidenziale.

XV

Meg continuò per giorni a leggere e rileggere il libro a Demian e a riuscire a fargli fare dei movimenti ben precisi, come farsi stringere la mano, sollevare il braccio, muovere la testa, sorridere.

– Caro Demian, il tuo libro è quasi finito.

La luna blu, né qui né altrove, insomma dove?

Perché tra tutte le vite possibili da toccare è necessario scegliere di toccarne una e poi con lei ripartire per l'universo, e se la somma di due vite è l'immensità col suo totale non si arriva alla fine. È un cerchio nel cielo. Perché l'eternità si dispiace per noi, mentre ci vede soli, rinchiusi nei cassetti solitari dei mai più.

Credo che si possa arrivare a spostare con un dito la luna. A farla arrivare dove vuoi, da chi vuoi, per tutto il tempo che vuoi, se lo vuoi davvero.

E mi accendo un'altra sigaretta dopo quella che ho appena finito e so che non è bisogno, è vizio. E ti saluto mentre ti allontani e ti tratterrei con il vento e so che non è vizio, è bisogno. Un bisogno che non sarà mai l'ultimo. Un bisogno di te che sei il mio incantesimo vivente.

Apro il mio zainetto di sogni. Ci trovo dentro anche quella luna.

Il mio tempo ha lavato le mie priorità di uomo e le ha stese al sole come panni fra i sogni. Chi si ama si scalda dallo stesso sogno.

Chi si ama, sì, sarà banale, ma guarda la stessa luna.

E tutte quelle sciocchezze melense, corrersi incontro in stazione, prendersi in braccio, per mano, strapparsi il tempo, le ore, i sospiri.

Ma che ne so se ci credo ancora.

Mi ripeto spesso di sì, oggi mi ha sorpreso un boh improvviso, gelido sui polsi. Ammazzare in gola quel ronzio che punge a dirti: Non hai più mollette per i panni per appenderci le emozioni. E scoprire che muori un po' anche tu quando pensi questo, e che il tempo passa ma sei sempre lo stesso, tu, e in fondo e per fortuna, o purtroppo, non cambierai.

Volevo dirti una cosa, fra tutte le cose che ti ho detto o scritto, frasi d'amore, di rabbia, d'incosciente serenità e passione senza misura. Volevo parlarti dell'amore visto dal di fuori. Ogni tanto penso: se mi vedessi dal di fuori, quando guardo te vedrei lo stesso amore che sento? Che credo? Sai, l'amore è illogico, non ha una spiegazione tangibile. Molte persone si abituano ad avere accanto qualcuno, a sentire calore o un leggero tepore emozionale, una sensazione di lieve tranquillità. Qualcosa a cui non potrei mai abituarmi. Stare bene non è amare. L'amore, se lo senti, ti prende tutto o non ti prende nulla. E se te lo fai andare bene è un quasi amore, ma non è amore. Puoi fingere di amare ma non puoi convincerlo, l'amore.

Non esiste nessuna magia che non sia quella del cuore a farlo nascere se non c'è.

È inutile annaffiare il cemento, dar fuoco a una miccia sperando in una stella.

Puoi confonderlo con la gratitudine, con la tenerezza, con l'amicizia, con la complicità. Ma non disseta e non brilla. Ecco io voglio lottare per qualcosa per cui valga la pena vivere e morire per lo stesso esatto motivo, un'equazione illogica, la variabile che determina inequivocabilmente la differenza fra le cose e le cose importanti.

Questo nella vita capita con molta difficoltà, ma se non dovesse più capitare io surrogati non ne voglio.

E se non riesco a stare mai zitto, è solo perché penso sempre che le mie parole possano raggiungerti e stravolgere quel destino in cui non credo. I pensieri più belli ci spaccano dentro, sono estasi e tormento. Quel che non esiste non lo troverai neppure cercandolo all'infinito, mentre l'infinito è lì, davanti agli occhi, non lo puoi non vedere.

E metto un passo fuori dal diametro della mia solitudine. È un passo avanti verso di te o irrimediabilmente altrove, con quella sottile vena d'insoddisfazione che mi si staglia e mi s'incide sul collo, quando a fatica deglutisco; come una spina di pesce che mi s'incastra in gola, mentre provo a rimandare indietro le parole o a sputarle fuori una volta per tutte, e riprendere finalmente a respirare. E camminare e non saper dove andare, ma continuare con quel blu di sottofondo che non se ne va. Resta.

Posso mettere me stesso dietro a un vetro, osservarti da lontano e sentirmi al sicuro. Ma poi quella luna io voglio toccarla. O qui o altrove, ma in un posto solo nostro e che ogni tanto, perlomeno, venga prima del resto. Prima che torni giorno. Prima di raccogliere coriandoli di mancanze. Prima che arrivi domani senza noi, in una lettera lontana chilometri se non galassie in cui leggere: Avevi la mia luna blu. Unica.

Non hai mai pensato a quanto rumore possa fare una cosa...

D'improvviso le squillò il telefono.

– Pronto, Meli.

– Tesoro, mi hai fatto preoccupare, sono giorni che non rispondi. Dove sei?

– Ancora in ospedale, da Demian, lo scrittore.

Si è svegliato sai? Ti avrei chiamata oggi.

– Meg, ma sai come vanno queste cose, la ripresa è molto lunga. Non è che voglio remare contro, in quest'ultimo periodo sembra sempre io debba essere una sorta di grillo parlante ma...

– Ma tu lo sai che sono una sovversiva per natura.

Entrambe scoppiarono a ridere.

– Dai, fammi sapere allora. Ti manderò via Internet il lavoro, se riesci a trovare un po' di tempo per farlo da lì. Anche per distrarti. Altrimenti non ti passa più. Salutami George, se lo sogni.

– Ho un po' di nostalgia di quei sogni. Ma dimmi qualcosa che duri per sempre, Meli. Non credo che ci sia.

– Le... o... n... de.

Meg lasciò cadere il telefono che si spaccò in mille pezzi. Mille pezzi e un chiasso di sguardi, uno sull'altro, precipitati come slavine dolcissime sui sogni.

Demian!

Corse all'impazzata a cercare qualcuno, ripetendo "The patient spoke, the patient spoke".

– Dottoressa, il signor Sinclair ha parlato.

– Cosa le ha detto?

– Ha detto "le onde". Stavo parlando al telefono, evidentemente ha sentito la mia telefonata.

– Buon segno allora, il processo di recupero mi sembra andare bene. Bisognerà testare la soglia dell'attenzione. So che sarà bravissima in questo.

Vedremo nei giorni a seguire quanto sarà orientato alla realtà.

– Pensa che potrà ricominciare a mangiare?

– Fra qualche giorno, in base ai progressi, vedremo se è in grado di mangiare da solo. Capiremo anche se ha riportato dei danni motori, per ora non ci è stato possibile constatarlo.

Giorno dopo giorno, Meg notò i progressi di Demian, iniziando a immaginare un vero discorso, cosa chiedere, cosa sapere, cosa tralasciare per venire a capo una volta per tutta di quell'assurda situazione ferma a mezz'aria fra realtà e fantasia.

– Demian, mi senti?

Demian sorrise e fece cenno di sì con la testa, poi sussurrò:

– Sì.

– Mi piacerebbe insegnarti l'italiano sai? Appena starai meglio se vuoi ti darò qualche lezione.

Meg strizzò l'occhio e Demian le rifece l'occhiolino portandosi al viso la mano, poi tese il braccio fino al viso di Meg e le fece una carezza.

– La ricorderò per sempre questa carezza. Forse nella mia vita non ne ho mai desiderata così tanto una.

Meg si dedicò anima e corpo alla ripresa di Demian, trascurando ogni cosa, sonno, lavoro, amicizie, hobby. Trascurando persino se stessa. Il suo unico pensiero era che Demian si rimettesse alla perfezione.

XVI

– Impresse sulle retine ci sono le resurrezioni degli sguardi che non dimentichiamo mai, il tuo per me, ad esempio. Ogni giorno che passa qualcosa si rompe, s'infrange su muri invisibili, su barriere emotive. Ma certi sguardi rimangono, irriducibili lame nel pensiero. Forziamo i divieti di accesso e cavalchiamo incomprensioni per non perdere tempo. E ci si accorge di quanto tempo sprechiamo in questi momenti, quando diventano fragili, sottili e ci attacchiamo disperatamente alla loro consistenza, sottraendoli dal già vissuto per rigenerarli nel domani. Sono attimi vivi, si muovono a guizzi, come pesciolini nel mare delle emozioni. Li vogliamo per noi ma non vogliamo che abbocchino. Se li peschiamo muoiono, e questa è la sottile contraddizione che accompagna la linea d'amore, il filo dell'orizzonte. Abbiamo paura delle esche emotive, ma anche di nuotare soli per sempre.

L'egoismo uccide, l'amore è libero, Meg. Non c'è nulla di più sensato che dedicare la propria vita alla follia dell'amore.

A Meg non sembrava vero di poter passeggiare accanto a Demian al mercato dei fiori di Columbia Road, un bellissimo mercato domenicale di Londra, e respirare finalmente, per la prima volta insieme, il clima fuori da un ospedale. Passeggiare accanto a piante e fiori di ogni genere, annusarne il profumo addirittura dal fruscio delle dita sulle foglie.

– Puoi passeggiare e scattare foto alla mente.

Io ho fatto un giro in tutti i posti che amo.

Mi sono trasferito da un luogo all'altro di me e girando e girando, ho capito che continuavo a cercare l'unico luogo che dentro non ho.

Mi sono fermato davanti ai vicoli di piccole pietre che conducono al mare, a Brighton, in quei passaggi ristretti, quasi sull'onda di qualcuno che poi va subito via, fra l'eco della sabbia bagnata e i rimasugli di castelli di sabbia, un po' rabbiosi di non esser fatti di quelle piccole pietre, per edificarsi più forti. Eppure quelle piccole pietre sono ferme solo un po' più in là e vorrebbero essere castelli. Vogliamo sempre quello che non c'è.

Mi sono fermato nel punto della contraddizione dove il mare levigava gli scogli e la salsedine emozionale ricopriva un po' viscida i bordi dei miei autoscatti.

Puoi scattare le foto al suono della vita che si consuma tutta in una stanza e tutta la stanza in strada, e tu fuori, a scattare foto alla mente, a scattare foto alle mani, vagabondo dentro e fuori, arrampicandoti col tuo carico di storie sulla spalla fino al punto più alto che c'è, per guardare il mare da lassù.

Lì, dove cresce perfino un po' d'erba e in mezzo c'è lo sporco che hai cercato di pulire, giorno dopo giorno, quello sporco che si insinua fra le fessure mentre raschi i pensieri, uno a uno, mentre ti sporchi le unghie aggrappandoti alla tua terra, franando, riprendendo il passo, pur di arrivare lassù.

Perché è una terra strana la tua mente.

Puoi fotografare i polmoni, mentre strusci il respiro su un piccolo chiosco dove sognavi di fermarti in compagnia di qualcuno, e i tuoi occhi cominciano a sfocarsi come un obiettivo imperfetto.

Puoi fotografare il dolore, fracassandolo sulla rabbia, scendendo passo per passo per tornare alla tua auto, ad abbrustolirti d'estate senza una meta precisa.

Puoi arrabbiarti e sorriderne insieme, ridere di te perdonando i passi falsi e le foto mal riuscite, un po' mosse o troppo smorte, prive di pathos o a occhi chiusi.

Puoi riguardarle tutte, le foto, e accorgerti che poi è una sola quella che volevi venisse bene, e non c'eri dentro solo tu e non c'era dentro solo lei.

Quando la foto diventa conflitto, quando diventa un campo di battaglia, quando la tua mente la strappa e il tuo cuore se la dipinge a mano dappertutto. Quando ti accorgi che vorrai ancora scattarla per te, per lei. Per tutti quelli che danno un senso a quel che pensano, fotografando un sogno di realtà.

Ma poi riaccendi, rapidamente, perché ti accorgi che le città reali sono solo quelle viste dal basso.

Tutto ciò che guardiamo dall'alto in basso manca della giusta prospettiva per essere visto davvero. Per amare qualcosa o qualcuno dobbiamo scorgerne bellezza e problemi, impastarli di sogni reali e di lucide speranze. Perché da lassù non ci si accorge che i puntini sono cuori, da lassù si commette il crimine di non sentirne il battito.

Ti piace Meg?

– Moltissimo, quando l'hai scritta, lo ricordi?

– No, ogni tanto ho ancora dei piccoli vuoti. L'ho ritrovata nel cruscotto dell'auto e ho pensato di leggertela. C'era anche questo.

Demian tirò fuori dalla tasca un piccolissimo sassolino blu e Meg impallidì dinanzi all'ennesimo déjà vu di un vecchio sogno che le sembrò ormai lontano anni luce.

– All'esterno si cambia tanto e spesso, ci si annoia, si modificano abitudini, amicizie, luoghi in cui star bene. Ma dentro di noi è difficile fare vere e proprie rivoluzioni. Quelle in cui qualcosa muore per battersi, ma soprattutto per combattersi; e qualcosa vive, qualcosa che prima non c'era, non ne contemplavamo l'esistenza. Ma da quando ci aggancia, cambia il futuro a nostra insaputa. Perché vedi, le persone che si amano veramente ricevono in dono la proprietà e la capacità di rendersi trasparenti non solamente davanti all'altro, essenzialmente davanti a se stesse. Smettono di mentirsi, d'inventare pretesti per andare sempre via. Riescono improvvisamente a capire tutte quelle cose assurde che fai, ma a cui non sei mai riuscito a dare una profonda spiegazione. Spacca il vetro alla paura e sarai libera.

Potrai convincerti che ti vuoi bene, che hai raggiunto l'apice della tua autostima e poi dirti e ridirti di desiderare sempre lo stesso amore. Poi svegliarti nel cuore della notte per mandare un messaggio inaspettato e accorgerti d'improvviso di essere nel letto con un'altra anima. Un'anima che non è più la sua, ma nemmeno la tua. Non la conosci ancora, però finché la tua non torna indietro non sarai mai in grado di riconoscerla.

– E con questo cosa vuoi dirmi, Demian?

– Sono un animale randagio. Non ho mai avuto bisogno di dare in mano a qualcuno il collare delle mie scelte. Ma non è sempre bello star fuori, non in tutte le stagioni.

Meg lo baciò. Baciò davvero la carne, succhiò davvero la polpa, il sangue, le labbra, la saliva. Capì che il vero incontro è un bacio. Ma le scattò subito una morsa al cuore, una trappola che istintivamente la catapultò su un pianeta lontano, più lontano ancora del suo sogno ormai infranto.

– Dopo l'amore, quel che ti manca è quel che ti resta e i baci devono esser lievi per non sembrare quelli dell'addio. Quando qualcuno ci cammina accanto ma non c'è più, i baci se ne accorgono.

L'amore è sicuro di sé, davvero non sente ragioni. Se le comincia ad ascoltare troppo c'è un tassello che non va, che ormai è fuori posto o non si è incastrato mai. Allora, siccome l'amore è un incastro di possibilità inesauribili, se manca anche solo un tassello l'incastro diventa impossibile. Quando ti innamori di qualcuno, non esistono due modi per amare, perché dentro di te non battono due cuori differenti. Esiste un solo cuore che è l'ultimo ad arrendersi, esiste un unico modo di amare, dare tutto prima di arrendersi. Per cui se davvero è amore darai tutto, perché se non avrai dato tutto non avrai dato ancora niente.

Comunque Demian, ho deciso di prepararti il pranzo. Qui vendono solo fiori, dove possiamo andare per fare una spesa decentemente normale?

– Lascia stare la spesa, andiamo allo Spitalfields, è vicino Liverpool, vicino casa. È ancora uno di quei posti non meta di turisti e potremo mangiare delle ottime tapas in un ristorantino spagnolo.

Ti fidi di me?

– Non mi fido completamente quasi di nessuno, Demian, non so risponderti...

– Meg, non fidarsi è un modo comodo di vivere.

Ma lasciando il nostro pranzo nella leggerezza puoi fidarti, le tapas non ti deluderanno.

XVII

– A cosa brindiamo?

– Non so, al dolore, alle persone che non ci amano.

Meg lo guardò di stucco, come se avesse commesso un sacrilegio, ingoiando l'ostia masticandola e senza confessione.

– Dopotutto fanno parte della nostra vita anche loro.

Sono inconfessabili i miei peccati, ho il vizio dell'amore e credo solo nell'al di qua.

Mi guardi nei mieinonpiùmiei occhi, risucchiati da una pozione liquida e nera più del nero, come una rigenerazione vitale. Si sono appoggiati su di te, sono tuoi oramai. Perché sei come una fede silenziosa, posso pensarti o non farlo, tu ci sei.

Siamo come i cerchi concentrici che fuggono dall'impatto. Ci allontaniamo solo per mostrarci meglio fin dove riusciamo ad arrivare: all'anima. Quando ti guardo, non soltanto mi ricambi gli occhi, quando ti guardo mi riconsegni l'anima.

– T'immagini mai la fine del mondo?

– Sì, ma dovrei dirtelo prima che tutta questa sangria inizi a circolare senza via di scampo per il corpo. Immagino qualcosa che colpisca la terra d'improvviso, un'esplosione che annienti ogni cosa, spenga il sole, spenga la vita. E per te?

– Per me la fine del mondo può avvenire senza nulla di così tanto plateale. Basta che l'uomo perda quell'ultima molecola di umanità che gli è rimasta dentro. Sai cos'è scientificamente una molecola? È un insieme di almeno due atomi uniti. Amore, quindi. Ma ho imparato che l'amore fa paura all'infelicità e lei potrebbe fargli tutte le macumbe del mondo, i sogni se ne vanno solo se sei tu che gli tagli il filo. Se ci credi, quella molecola non va mai via.

Il mio universo ormai si è posato su quella piccola voglia di fragola sulla tua fronte, ci passano tutte le autostrade del mio sangue, vene, arterie, capillari.

– Se andrai via non mi dimenticare...

– Se andrò via è solo per non ferirti...

– Se andrai via soffrirò comunque, dunque rimani.

– Allora ami soffrire?

– Io ti amo e amo tutto ciò che potrai darmi, tu sei il sentiero di sangue che porta al mio cuore. Non mi pentirò mai di averti amato. Mai. Nemmeno il giorno che rimuoverò con il bisturi i coaguli di questo brindisi. I segni resteranno.

– Prometti che non mi dimenticherai.

– Se dimenticassi l'immenso non avrei più spazio per appoggiare i sogni. Il cuore è il battito, l'anima sono le ali. Li ho in me non per caso, ma per raggiungerti.

Il giorno che finalmente penserò di dimenticarti, perderò la memoria a breve termine.

Resterai. Dentro, intorno.

Come quando in una bella giornata di sole d'improvviso viene a piovere e quelle gocce ti pungono i sensi e il brivido è un tuono secco a spezzare il sereno. Non si nasce insieme, ma nemmeno si sta insieme. Si è insieme, da quando ci si incontra nei pensieri. Il legame va oltre l'apparenza, è sostanza invisibile. Ti scriverò una lettera ogni giorno, ogni giorno finché non capirai e non tornerai. Finché avrò il cuore vuoto ma mai vuoto davvero, perché lo abiterà la tua presenza, lo abiteranno i miei ricordi mai chiusi, troppo vivi, presenti nel presente, sospiri di speranza di domani. E anche tu, scrivimi una lettera fra tanto tempo. Scrivimela a mano, con la tua calligrafia. Prova a mandarmi tanti pezzi di cuore. Scrivimi come stai, dall'inizio alla fine, sei origine e polvere magica. Oppure non scrivere niente, mandami la busta vuota con dentro la tua anima e io senza scriverti niente, ovunque sarò, ti risponderò e tu saprai sempre riconoscerti nelle mie parole, solo tue. C'è un bacio sul tavolo, me l'hai lasciato qui.

E ricordati, non sempre ma spesso, una cosa. La tua vita può vedere tutti i miei desideri perché i miei desideri hanno l'altezza dei tuoi occhi.

Meg ormai non era più in grado di gestire un discorso serio, aveva mandato giù bicchieri e bicchieri di sangria. Avere la mente come un girotondo in un luna park non l'aiutò a mantenere saldi i suoi barlumi di razionalità. Così, mentre era in auto accanto a Demian, il suo stato, mescolanza di confusione e dormiveglia, le permise guardandolo di rivedere George. Quelle labbra sottili, quasi severe della prima volta, un tremito, un sussulto. Erano troppo poche le mani che aveva. Avrebbe voluto avere tutte le mani del mondo per accarezzarlo dappertutto, tutte le molecole a scindersi in quelle mani. L'amore è l'esasperazione dell'anima che impazzisce nel non trovare abbastanza immenso per costruire l'infinito.

Due ali della stessa farfalla, due battiti dello stesso cuore, due pezzi della stessa anima, due schegge dello stesso dolore, due in una vita, due in una strada, due in un mare di differenze, sostanze, fragranze. La stessa punta di due lingue distanti quando si parlano, dure, come il gesso a ferire il cuore; vicine quando si baciano, duttili come la creta. I pensieri sospinti dentro arrivano alla carne e dalla carne al sangue e dal sangue all'estasi. È così che ci fece l'amore, in piedi, attaccata al muro, senza coscienza, senza passato, senza domande, modellando il suo corpo fra zampilli scomposti di felicità. La felicità è l'orgasmo dell'anima.

Al risveglio, Meg si trovò abbracciata a Demian, nel suo letto. Lui dormiva ancora con il volto sereno, il lenzuolo che gli scopriva il petto. Cercò di guardarsi dal di fuori accanto a lui. Avevano le movenze di un'emozione a metà, perché l'altra metà apparteneva a un sogno finito.

– E questo è forse l'errore centrale di questo viaggio – si disse in silenzio. – Ogni cosa ci viene data davvero in relazione a ciò che diamo?

Forse no e dobbiamo accettarlo. La differenza fra fiato e respiro la fa soltanto la comunione dei peccati.

Meg cercò i suoi vestiti in fretta, accorgendosi di aver fatto l'amore con lui, ma non ricordandosi cosa e perché l'aveva spinta nel suo letto. Si rivestì e andò in cucina con un senso di freddo dentro, quel freddo triste, lo stesso che aveva provato mentre Demian era in coma.

Aprì il frigo e notò una targhetta di metallo con una frase: "Utopia dell'illusione dell'eternità".

– Non arrabbiarti più per i miei silenzi, per le mie assenze, per le intermittenze, per le folate di vento gelido dopo i caldi sospiri. Sono il frutto delle risposte non ricevute, delle mancanze, della mia infanzia labile, tradita dai frammenti di un amore a metà. Ho conosciuto solo questo modo di essere amata. Ma ora non sono più disposta a perderti, perché non sono più disposta a perdere me stessa e l'occasione, incerta ma possibile, di essere felice finalmente con te.

Meg prese l'acqua e tornò di là.

Demian aprì gli occhi lucidamente assonnati, se li stropicciò, sembrava un bambino felice, felice solo di starle accanto, e guardandola le disse:

– Non mi sono mai piaciuti gli uomini che si vantano numerando le proprie conquiste e le sbandierano ai quattro venti. Sono proprio quegli uomini che fanno perdere al sesso quella viscerale importanza segreta. Loro non ne possiedono la chiave. Non possiedono la chiave dello scrigno che contiene il reale desiderio, quello che ti fa perdere la testa, che non ti lascia pensare a nient'altro al mondo, che ti annienta le difese ovunque ti trovi, che vorresti spegnere con l'acqua fredda se ti sorprende fuori luogo. Un numero non potrà mai sostituire l'unità irresistibile.

Non si può desiderare così profondamente una donna a caso, ma soltanto e semplicemente una donna. La tua.

Perché probabilmente è facile far esplodere di passione un uomo che non vuole che te, e amare il suo corpo, essendo muschio e terra, fragranza indiscussa di attimi carnali, per coglierne infine il seme dell'estasi.

Ma è davvero improbabile strappargli il gemito primordiale, il vagito dell'anima, l'essenza.

Tutto in una volta, la prima e poi tutto per sempre.

Se non sei tu l'amore, l'amore non esiste.

– Cos'è quella frase che hai sul frigo?

– Qualcosa che avrei voluto mi dicesse la donna che avrei voluto accanto, una confessione segreta dopo essersi sviscerata il cuore, investigata la mente.

– La mia esperienza qui sta per terminare, Demian.

Ormai stai bene, è ora che io torni a casa.

Senza dire una parola Demian si alzò e uscì dalla stanza: – Ti faccio un irish coffee?

– È inutile che cambi discorso, hai capito benissimo.

Meg sentì l'acqua della doccia scorrere, si voltò verso un piccolo comodino che assurdamente le sembrò a forma di luna. Il piccolo cassetto era semiaperto, ci infilò la mano e prese una piccola agenda, iniziando a leggere:

> Mi piacciono le donne che sanno le cose e sanno quando non dirle, perché in quel momento è poco importante.
> Mi piacciono le donne che sanno conoscersi e conoscerti senza sbatterti in faccia anche le presunzioni della verità.
> Quelle che decidono che quello che sono è più importante di quel che tu vorresti fargli credere che siano, e invertono il senso di marcia alla tua corsa, abbassando lo sguardo con quell'umile sicurezza, e per questo ti ci siedi accanto.
> Quelle che quando le guardi negli occhi ti fanno capire che sei ancora vivo. Quelle che sai che le devi proteggere e in un ossimoro ti fanno sentire al sicuro.
> Quelle che anche quando non ci sono ci sono, perché anche lo sbatter d'ali di una farfalla lontana ti si posa sulla schiena, alleggerendo la fatica di un attimo.
> Mi piacciono le donne che quando ti ammali di silenzi ti curano le parole e ti fanno uscire le nuvole dall'alito, insieme alle bugie e ai sensi di colpa, t'insegnano una lingua nuova.
> Mi piacciono le donne che fanno uso di stupefacenti emotivi senza mai aver assunto sostanze tossiche.
> Quelle che ti scippano il tempo senza che te ne accorgi e se te ne accorgi ti prendono in giro dolcemente da farsi regalare un altro giro sulla luna.
> Quelle che non sono nobili o snob, ma che hanno l'eccellenza blu della modestia nel sangue, arrivano nei bassifondi a prendersi la tua vita.
> Quelle che non vanno controcorrente perché fa moda, ma hanno la moda nel respiro e l'anima vintage.
> Quelle che hanno gli occhi come un caleidoscopio e in tutta quella confusione riesci a guardarci dentro e scorgerci la coccinella del futuro.
> Quelle che ti sfiniscono perché gli piace fare l'amore e senti che il momento del loro orgasmo mentale è quando

vieni tu, e poi ti chiedono di restare. E ti fanno sentire come un animale libero, tu e la tua liquida indecenza sul loro corpo, rinato dalle tue spasmodiche emozioni.
Quelle che non sanno cucinare, ma ti montano l'anima chiara e fanno dolce il tuo sorriso dopo uno scuro pomeriggio.
Quelle imperfette che sanno rendere perfetto il volo delle tue imperfezioni.
Quelle che lasciano che a parlare sia il tuo respiro.
Quelle che non ti prestano il loro corpo e ti regalano e ti scopano l'anima.
Quelle che gli tocchi un punto che non ha mai toccato nessuno, con la punta estrema dei tuoi pensieri, dei tuoi sogni, dei tuoi sbagli arrugginiti con il tetano fra la polvere e tu gli piaci così, non ti vogliono cambiare.
Quelle che giocano la tua partita pur continuando a giocare anche la loro.
Quelle che quando gli sposti i capelli dal viso ti si apre il sipario sul mondo e spalancano i tuoi limiti come finestre sull'infinito.
Quelle che sono così belle che non ti vergogni a tenergli la mano mentre cammini per strada, perché ti camminano già nude nei labirinti dell'anima.
Quelle che giocano con i tuoi battiti, ma non con il tuo cuore.
Quelle che ti sembrano comete, come te.

Meg sentì sbattere la porta e continuò a leggere l'agenda.

E così oggi ti dedico un pensiero. Piccolo piccolo. Impercettibile.
Potresti essere come me, cercare il perché di ogni cosa, stremata, fino a comprendere che non sempre c'è un perché a tutte le infinite domande che si affacciano alle finestre del tempo. E ogni tanto il dolore si trasforma in rabbia, e ogni tanto la rabbia si trasforma in dolore, e ogni tanto le parole perdono il loro significato originale per lasciare originale solo la nostra condizione del cuore.

E così oggi ti dedico un respiro, profondo e leggero, impalpabile.
Potresti essere come me, sentire la necessità di scrivermi nei momenti di estrema serenità, quando prendi il sole e una coccinella ti si posa sul braccio, sorridi e vorresti mostrarmela, appoggiarla lievemente sul rosmarino e bere il tuo sorso di birra ormai calda, e sentire il profumo del pesce in lontananza a condire una cena di attenzioni. Buone, finalmente. Per dimostrare che non è per necessità che vuoi assaggiare una vita, ma per l'emozione di sapere che solo i morsi dell'amore levano la fame.
E così oggi ti dedico una canzone, lenta, sensuale, incalzante.
Potresti essere come me, mentre ti scopri a stonare con gusto le note esplosive della realtà, senza perdere mai di vista il bambino sulla spiaggia. Senza farlo piangere a causa di speranze sbagliate in cui riporre le mani e farsele mozzare da cruente verità. E con le migliori intenzioni insegnarmi a camminare su terreni sconosciuti, sapendo che anche al buio seguirei i tuoi passi, forse non senza paura, ma vincendola ad ogni passo in più, impazzendo per l'intreccio dei tuoi piedi con la mia ombra, senza derive verso le false libertà.
E così oggi ti dedico un'emozione, viscerale, cosmica, dolceamara follia.
Potresti essere come me, mentre urli a squarciagola al tempo e metti a soqquadro i lamenti delle poesie perdute per ritrovarle sul palmo della mano, nelle linee della mia, dove il solletico che ti sfiora è la risata del destino che gira la testa e si arrende, consenziente a questo amore.
E così oggi ti dedico una notte. Libera, silenziosa, bellissima.
Potresti essere come me, mentre la tua anima spara vibrante fuochi d'artificio che non morranno dopo mezzanotte, ma conterranno gli spasmi di sospiri dei piaceri tuoi, miei e delle stelle. E quando mi parli nel sogno, non darmi ragione svegliandomi senza esserci,

lì con uno sguardo innocente e allo stesso tempo terribilmente sensuale da riempirmi i bordi e i contorni della mente, per non farmi pensare a niente, a nient'altro se non che a svestire il pudore, a sudar liquido su lenzuola distese su un'estasi perfetta.
E così oggi ti dedico un mattino, fresco, avvolgente, puro.
Potresti essere come me, con lo sguardo nel colore di un caffè, a fumare previsioni del giorno senza che alla mente importi niente di sapere se piove oppure no, e nella musica della radio la traccia nascosta di un paradiso terrestre normale, niente alberi proibiti su cui lanciarsi per fare uno sgarro all'entusiasmo della quotidianità, alla pace di un ritorno dopo l'altro, senza curve d'assenza, senza picchi e ripartenze e addii traditi a riconferma di atti mancati.
Ma tu non sei come me.
Ma io ti volevo lo stesso con me.
A dedicarti la mia vita.
A farmi dire: – Vorrei stare in un altro posto, ma non so dove e non saprei con chi se non ci fossi tu.
A farmi dire di quelle finestre aperte appena dietro la mia ombra che focalizzano lo sguardo sui paesaggi delle anime, su quelle ricchezze naturali che ci portano alla gioia e non hanno niente a che vedere con quello che possiamo comprare, perché la gioia non è artificiale, è nello spendere se stessi per qualcuno e nel trovare il proprio demone negli occhi dell'altro, come talento sconfinato d'amore.

XVIII

– Ti ho portato un regalo – esclamò Demian tornando con una tazzina in mano, mentre Meg con un sussultò lasciò scivolare l'agenda dalle mani.

– Che cosa mi hai preso?

– Amore per te stessa. L'ho preso a buon mercato, non preoccuparti.

Meg rimase stizzita e lo diede a vedere.

– Brucia di più che cosa? La menzogna o la verità? Hai paura che io non ti ami? Per questo hai paura di amarmi? Da piccolo avevo paura che il cielo mi cadesse sulla testa, ma non per questo ho scelto di smettere di guardarlo. Ogni scelta comporta una rinuncia e chi non sa a cosa rinunciare probabilmente o non sceglierà mai niente, facendo scegliere gli altri al suo posto, o farà sempre scelte che non costano fatica. Le scelte che non costano fatica sono prive d'amore. L'amore senza le sue gambe resta nelle parole. Posso risparmiare sulla luce, ma mai sull'amore, perché non so spegnere tutte le stelle che ho dentro.

Sono innumerevoli i danni che fa la prudenza. Il cervello innesca un meccanismo che scatta sempre nel medesimo punto, quando si deve scegliere di rischiare. Forse lo sai anche tu che chi ama troppo non vive a lungo. Ma quando hai provato l'attimo che ti conduce all'eternità, non ti accontenti dei paradisi artificiali a lungo termine.

– Sei credente Demian?

– No, eppure adesso ci crederei, con l'ignoranza della felicità, che non finirà mai.

Non credo nella perfezione di un paradiso artificiale, anche l'originale per me è un falso d'autore. Credo nella condivisione di due piccoli inferni che scontrandosi creano un paradiso imperfetto a immagine e somiglianza dell'amore.

Perché sono un testimone di favole vere. Quelle che solo quando chiudi il libro puoi toccare sul serio.

Meg puntò lo sguardo su un biglietto aereo, contenuto all'interno dell'agenda. Londra, Torino Caselle.

– Sembri sorpresa, Meg. Ho la netta sensazione che tu non voglia più sorprenderti, altrimenti lo faresti. Ci sono vene senza più un nome, a volte, ma continua a scorrerci dentro la vita. E allora macchiati di un peccato che si chiama amore, anche se ti diranno che non è più originale, anche se ti senti innocente. Assumitene responsabilità e conseguenze, senza alibi, senza far caso all'orario, alle convenienze, senza far caso alle partenze. E se te ne hanno parlato tanto e male, se te lo hanno svenduto così tanto da non farlo più andare di moda, questo amore, tu non crederci e allunga il passo. Resta orgogliosa della tua anima vintage. Quello che veramente ami resta oltre spazi e distanze. Qualsiasi altra cosa non basterebbe a fermare l'attimo, ci riesce solo l'amore. Quello che veramente ami è ossigeno. Quello che veramente ami resta e il resto è niente.

– Non mi puoi incantare, Demian. Di sicuro dovevi venire a Torino per qualche motivazione particolare, non so perché tu non abbia più preso quell'aereo e non lo voglio sapere. Questa parola anima, questa parola che sembra quasi tu voglia farmi entrare in testa, non lo so, a volte si appesantisce così tanto che vorrei quasi perderla, vorrei quasi che mi abbandonasse, che mi lasciasse tutto più facile. D'altronde dicono che l'anima sia immortale, ma mi viene difficile immaginarla sempre giovane, sempre uguale, mentre tutto si deteriora, nulla resta integro, nulla, Demian. La tua anima non ti lascerà, essa probabilmente morirà con te, ma può invecchiare.

La pesantezza più grande da sopportare è il non riuscire a far sedere mai nessuno in quello spazio libero del cuore. Chi crede nell'amore sa che i ghiacciai si possono sciogliere con un respiro, mentre i vuoti non sono leggeri. Credo che l'anima invecchi quando smette di soffiare sui sogni, con quello stupore lucido che ci cade dagli occhi, quando impara a buttar via le sorprese della sorte. Ci sono cose che non andrebbero imparate mai, bisogna proteggere l'ignoranza della felicità.

Quando parlo con te la mia mente si riempie di déjà vu, di parole già sentite nei miei sogni. Ma io non ti conosco, io non so chi sei e mi sono innamorata di qualcuno che non esiste. Ero curiosa, speranzosa, perché non mi era mai capitata un'emozione simile in tutta la vita. Volevo quell'uomo a tutti i costi. Quando ho capito che era soltanto un personaggio, una proiezione di un uomo che viveva lontano, l'ho cercato per curiosità. Ti ho trovato, tu eri in difficoltà e sono rimasta. Del resto non ti ho chiesto niente perché non avevo più bisogno di risposte.

– Ho sempre ascoltato quando mi parlavi, anche se ero incapace di risponderti. Quando la paura prende il sopravvento, ti sbrighi a sorpassare per superare l'ultimo incrocio con l'amore, e poco più avanti, al rosso di un semaforo, c'è la coda dei cuori all'inferno. Avere contro il tuo cuore è devastante molto più di aver contro il cuore degli altri.

Ogni volta che perdi un treno pensi che ne passerà un altro. E invece, quando ti affacci dal finestrino, vedi che tutto scorre così in fretta: gli alberi, le case, il vento, i sospiri. Ecco, la vita è così. È come quella che vedi scorrere da un finestrino del treno. Tu pensi che il tuo viaggio costi più di quel che dà e invece spesso ti darà quel che tu sai dare e a volte ti darà più di quel che riceve indietro, nei momenti in cui tu lo disprezzi o vorresti scendere in corsa. E soprattutto pensi che sia un viaggio infinito, e invece arriva da qualche parte. Quando dovrai scendere ora non lo sai, ma dove vuoi andare lo decidi tu. Per imparare a condividere il tuo viaggio devi avere un cuore da dividere, per fartelo tornare indietro non solo intero, ma doppiamente resistente al dolore. Nulla è fermo, nulla è immutabile. Ma questo non dovrebbe spaventarci, né tantomeno paventare una fine. Il nostro cuore cambia, sfioriscono le rose, si sgretolano i marmi delle stesse emozioni. L'amore resta nuovo solo se si comporta come un fiume, scorrevole, a confluire sempre diverso nello stesso mare interiore. E per ritrovarlo devi esporlo, non preservarlo nel cellophane. Capire se è resistente ai cambiamenti. Ho sempre pensato che se si arriva a soffrire meno scendendo dal treno piuttosto che sfidare il dolore significa che quel dolore non era poi così grande, aveva un fondo, un binario d'arrivo. Molto più semplice innalzare un muro che costruire un ponte per tornare a toccarsi.

– Demian, io non sto soffrendo, non so come dirtelo... tu mi parli di un amore che non posso ricambiare.

– Pochi scelgono o riescono a vedere quello che gli altri decidono di non vedere. Ma esiste il volo del respiro, se lo riusciamo a intercettare. Credi serva un oggetto per ferire e invece impari presto a ferire. Ferisci quando tagli il cuore degli altri, e non per caso, con la lama affilata delle tue parole. Ma ancor di più, le ferite più profonde, quelle che lacerano l'anima, sono i silenzi dell'amore e hanno il peso tremendo del niente. Niente, come l'assenza. Rimangono lì, impalpabili a comprimere l'anima e non c'è nulla da fare per toglierli. Forse per questo ho sempre parole di scorta, forse per questo scrivo da sempre, per non restare mai schiacciato sulla strada del niente. Il nostro orizzonte è double-face, come una sciarpa da indossare a colori o in bianco e nero, a seconda dei nostri abbinamenti interiori. Senza un briciolo di ragione o senza un briciolo di cuore, troppo spesso c'è un'unica strada che raggiunge il nostro punto di massima ispirazione. Perché se l'anima avesse pelle, sangue e ossa, ce ne andremmo in giro pieni di ferite, cicatrici, lividi, lacerazioni e punti di sutura. Agli altri sarebbe visibile anche il nostro dolore. C'è gente che se ne va in giro con i segni sulle guance e sulle mani, ma noi non li vediamo perché non abbiamo amato come loro. Abbiamo bisogno di proteggere entrambi i luoghi, quelli esteriori e quelli interiori, armonizzandoli. È quella speranza cruda che ci resta. Vorremmo degustarla, ma non ne conosciamo il sapore perché non l'abbiamo assaggiata mai.

– Quale insano dolore mi avrà condotto qui? Forse ho sbagliato a venire, a cercarti. Forse è meglio non sapere, illudersi piuttosto che disilludersi e deludere.

– L'amore è la giusta cura per non guarire mai dalla follia recidiva dell'incanto. Non c'è un antidoto per smettere di amare, semmai il dolce veleno di amare ancora di più. Il mio dolore ti ha condotto qui. Il saper aspettare mi ha insegnato a cibarmi di quelle briciole di gioia inaspettate che tuttavia non saziano mai. Sono sempre le stesse le parole dell'assenza, puoi sconvolgerne la forma ma mai il senso. Puoi leggerle sotto la chiave misteriosa del tempo, non quello che passa, quello che resta, mentre intorno è buio e mastichi una caramella già succhiata di cui ti rimane in bocca il sapore e un buco nello stomaco. Un buco? Una voragine. Ti resta la fame dentro. Potrei chiamarla ulcera d'amore. Hai visto che brutto senso può avere l'amore? Da girotondo a iperbole difettosa. Un po' come il percorso inverso dei sogni.

Di speranze cotte a puntino e bruciate dalla noncuranza ne hai buttate a miliardi. Quasi quasi vorresti crederci, interroghi la tua razionalità che stavolta non può risponderti, è imbavagliata da un sospiro nuovo. Capisci che qualcosa è cambiato quando per le parole non hai più fiato. La felicità non si può raccontare perché parla soltanto mentre se ne va. Ti auguro di non trovare più parole e di farti stritolare dal suo abbraccio di cristallo. E ti riprenderai per una volta quel silenzio che non è assenza, vorrai essere assolta solo da un bacio incolpevole, per tutte le disillusioni digerite dall'anima. E ti riprenderai la vita, e ti riprenderai te stessa.

L'unica cosa che possiedi sei tu. Donarti porta all'inevitabile rischio di essere scartato, non donarti è la rinuncia al regalo delle emozioni. Se il tuo regalo ti porterà un profumo o un cattivo odore non dipenderà mai né solo da te, né solo da chi lo riceverà, è la fragranza della tua anima e di quella scelta a seminare nell'aria la pace o la tempesta, integrandosi. Non si può diffondere una fragranza che non si possiede.

– Non ho mai pensato di poter essere felice illudendomi di contenere lo stretto necessario. Già che è stretto come potrei ballarci dentro?

– Si vuole andare ovunque senza passare oltre e poi si impara a dare il giusto peso alle cose solo dagli addii. Ma oggi, d'improvviso, mi accorgo di come sia molto più semplice di quel che credevo mandare giù, tutte d'un sorso, quelle piccolissime cose che ci servono e ammettere a mente fresca che sono solo quelle che ci ubriacano la vita. Hanno il gusto dell'amore.

È il punto di partenza e tutto torna. Assurdamente devo ammetterlo, ci sono punti a chiudere le frasi, ci sono punti a cambiare le cose, inesorabilmente. C'è il punto che ti amo o c'è che ho paura che sia amore, che stacco un biglietto per l'altrove o mi presento senza preavviso nella tua vita, come ogni amore che si rispetti. Seguiamo chi amiamo per tutta la punteggiatura, fra chi ci dice di tenere il bavero in su e chi ci dice di amare ad ogni costo. Metti una virgola sull'anima capace di giocare al salto in alto con ogni punto di percezione, la tua. Non sai cosa sia giusto, ma presto impari a capire cosa sia giusto per te. E non cambierà. Perché ti sembrerebbe insensato non darle quel senso di marcia. Perché l'amore conosce a memoria tutte le precedenze, i punti e virgola, le esclamazioni e gli interrogativi che mettiamo fra parentesi per difenderci. E le virgolette delle finte presenze e gli odiati puntini di sospensione, l'indice delle non scelte. Nonostante tutto, o te ne andrai sempre o continuerai a spaccarti i pugni per cercare di cancellare i segni, e te ne farai ancora. Ci sono quelli come me che il tempo non li cambia, nonostante non si fermino nemmeno a riprendere fiato. Perché esistono follie e follie, ma la mia è recidiva. Lo è sempre stata, fin dal momento in cui sono nato, fino a quando ho fatto quell'incidente, fino a quando qualcosa ti ha legato al mio personaggio, fino a quando quel personaggio ti ha spinto a cercarmi, fino a quando sei arrivata a me. Stavo andando in aeroporto, quando ho avuto l'incidente, stavo prendendo quel volo che stringi ancora fra le tue mani. Avevo preso un appuntamento con una società di traduzione per il mio libro.

Tutto quello che ho scritto, tutto quello che so l'ho imparato dall'amore. Tutto quel che hai letto, tutto quello che c'è dentro a quel libro sono io. Nessuno è in grado di concepire l'inconcepibile. Ogni scelta comporta una perdita, possibile che tu non lo abbia ancora imparato? No, non l'hai imparato, non sai se chiuderti in un'apnea emozionale o mandar giù in un sorso infiniti respiri. E io? Io sono zero anticorpi. E tu? Fai crescere i tuoi occhi come due assassini per i miei globuli bianchi che arrossiscono al tuo sguardo senza più difese, e la morte li assolve per insufficienza di prove concrete. Amare è una scelta oppure no? Scusami se spero in qualcosa di meglio, se ho ancora desideri, se non accetto come situazione definitiva lo smettere di sorprendermi. Troppe volte l'amore si è dimenticato di essere amore. Forse non lo era? Certe persone non sanno cosa vogliono e allora prendono tutto quello che passa. Non perché ci tengono, però arraffano, ammucchiano, sottraggono e perdono per strada, perché non danno valore. Ma a loro non importa. Rivogliono solamente perché non sopportano che qualcuno abbia qualcosa al loro posto e se non riescono a riavere allora provano a comprare. La cosa più triste è che questo meccanismo si innesca anche con le vite degli altri e se qualcuna di queste vite non si lascia comprare, allora inventano.

– La crudeltà maggiore che possiamo infliggere alle persone è fingere che loro significhino per noi molto più di quello che in realtà non siano.

– O forse è che tutti sanno come rendere infelici gli altri, è renderli felici che è difficile. Hai sempre rincorso storie impossibili, hai sempre voluto quello che non c'è. Perché per una volta non vuoi renderti conto che niente può competere con il tuo sogno perfetto? Amare significa rinunciare alla forza, amare significa arrendersi, farsi espugnare il cuore, farsi rapire i sensi, lasciarsi catturare i sentimenti-farfalle e vederli volare a mente leggera. E sentirsi liberi così, prigionieri felici di assoluta felicità.

Tu volevi il mio George tutti i giorni accanto a te. Ma il mio George è anche tutto ciò che io ho dentro. Le mie potenzialità inespresse, quelle che nessuna donna ha mai tirato fuori, quelle che nessuna donna ha mai capito. La perfezione non esiste, Meg, e se esistesse ti annoieresti anche di ciò che è perfetto.

Se ti dicessi "riportami a casa" tu dove mi porteresti? Se ti dicessi che sei tu l'unico posto dove mi sento a casa, dove mi accomoderesti l'anima? Se ti dicessi che ho raggi infrarossi nei palmi che arrivano a scaldarti anche da lontano, con quale meraviglia ti toccheresti il cuore dal di fuori, fra la maglia e il reflusso dei sensi? Se rifiutassi il tuo corpo a parole, con quali silenzi ti accorgeresti che vorrei solo odorarlo da vicino? Perché i corpi che si scelgono si fiutano per riconoscersi, ma non si rifiutano mai. Se solo tu riuscissi a gettare via la maschera per togliere la mia, a sederti sul bagnato senza farci caso. Se per una volta abbandonassi per strada la razionalità che ti accompagna soltanto quando esiste la possibilità di vivere qualcosa di concreto.

Hai raccolto le mie lacrime, seminate senza il tempo di capire se fossero di gioia o di dolore. Sono nati dei germogli, concimati all'interno degli occhi. Non importa la natura, sono fiori grazie a te. Chi si ama, per pugnale ha il verbo *credo*. Perché l'amore smette di farci coniugare i verbi al singolare. E sai, dirò la verità: voglio aver fatto mille errori e aver riparato solo a novecentonovantanove perché alla resa dei conti l'ultimo si chiama amore.

XIX

E Meg d'improvviso si ricordò che George in sogno le aveva sussurrato queste parole subito dopo un bacio, in uno degli ultimi sogni, uno degli ultimi prima di un saluto di congedo.

– Se potesse servire un semplicissimo saluto finale a risarcirmi dei giorni che mi hai sequestrato, me ne andrei, mi libererei di te. Così hai risposto a George in quel sogno. – Ma siamo e... – disse Meg tremando – e in quel verbo c'è la vita.

– Cosa pensi? Che mentre ero in coma George ti appariva perché la tua fantasia aveva colpito tutti i tuoi sensi non lasciandoti scampo?

Non hai mai pensato che un fil rouge esistesse già da allora? Che il mio sonno forzato coincidesse con il mondo parallelo in cui si trovava la mia mente? Perché noi siamo sempre nel luogo dove si trova il nostro pensiero e non il nostro corpo.

Che per questo mi hai sentito, per questo hai avuto il desiderio di conoscermi, di trovarmi, di rapirmi l'anima? Che ci saremmo comunque dovuti incontrare, perché non importa l'attimo ma l'eterno di fronte all'amore? Mi hai trovato prima tu, avrei potuto trovarti prima io. Che importa?

Se le aspirazioni dei nostri giorni possibili insieme vuoi complicarle con qualche pretesto, fai pure.

Se tagli il vestito a una parola non detta, non ne scucirai lo sguardo. Elegante quanto vuoi, ma nuda sulle labbra. Perché per rubarmi la vita non devi chiedermelo, accade. C'è chi ci cammina la vita di andirivieni, entrando e uscendo senza troppe spiegazioni e chi fra i palmi ha il nostro destino se ci stringe la mano. Alcune persone sono come i sogni, quando scendono in terra non sono mai così reali come le avevamo immaginate. E il ricordo di un sogno è ancora fedele al sogno, per questo sa resistere alla realtà, che altrimenti cederebbe il passo alla disillusione. Abbiamo bisogno del volo dei sogni per sopportare i passi reali. Ma il passo successivo è accorgersene, il passo successivo è il risveglio.

Ogni volta che mi pensi, ti si accentua quella piccola ruga sulla fronte e chissà perché ti fa quasi più bella. Me ne accorgo da lì che mi pensi, non ho bisogno di nessuno né tantomeno di me stesso per svelare quei pensieri, mi basta guardarti, mi basta quell'impercettibile ruga che molti altri probabilmente nemmeno noteranno, quell'impercettibile voglia di fragola che fai di tutto per nascondere e che invece a me fa impazzire. Ecco, io senza te non posso né vivere né morire, sono appoggiato in un limbo d'intenzioni che non fanno un passo avanti e nemmeno uno indietro. L'inconveniente di non esser nato come mi volevi mi fa perdere il desiderio di vivermi. Avrei forse potuto essere l'uomo migliore di questo mondo, ti sarei sembrato comunque insignificante a paragone con il tuo sogno. Perché il mio personaggio è l'insieme di tanti piccoli desideri di un futuro che non esiste e sarà sempre vincente nella tua mente rispetto alle mie imperfezioni. Ma forse un giorno qualcun altro noterà quella ruga e quella piccola voglia e tu ricordandomi capirai che lo prendiamo per mano il rimpianto per le partenze premature, inventiamo ninna nanne a risvegliare i sensi. Ma il senso di una mano è in una stretta d'amore e chi va via ha smesso di addormentarci con le sue mani sugli occhi. È inutile svegliarli, i sogni di nessuno. E se un giorno vorrai svegliarli, io non ci sarò più, ma ci sarai tu a stringere la tua disperazione. Allora sarò importante, allora sarò degno di esser ricordato, pianto, rimpianto, sofferto, adulato. Sarò l'artefice del tuo attentato alla gioia. Non si possono amare allo stesso modo un uomo e un sogno. Ti ho quando non ti ho, ti ho avuto senza averti e forse ti avrò ancora, o forse no. E ti sorprenderai se dovessi svelarti che ci si sente smarriti e confusi nel momento in cui la memoria ci farà lo scherzo di ricordarci un appuntamento disertato consapevolmente. Eravamo pelle della stessa misura dei sogni? Solo quella può starci bene addosso, nella realtà, per tutte le stagioni della vita. Quante sono per te le stagioni?

– Le stagioni sono quattro e non arriverà mai la quinta stagione.

– Le stagioni sono cinque invece. Sei tu la quinta stagione. Chi nega o rinnega l'amore è troppo saggio per essere felice. E tu verrai a vedere l'amore? Due vite si incrociano per caso, per volontà, per destino, per fortuna, per l'intreccio di mille coincidenze, ma al di là del motivo in sé, ad ogni modo, l'incontro che le spinge ad abbracciare il loro sogno ha sempre in sé qualcosa di fantastico. E non hanno bisogno di immaginare la loro realtà, imparano a viverla, la loro realtà.

– Devono coincidere così tante cose per far andar bene una storia: sguardi, tempi, luoghi. L'amore è un semplice miracolo che a volte consiste addirittura nell'essere amati a dismisura da qualcuno che ci ama più di quanto noi amiamo noi stessi.

– Che dire? Ho fatto quel che sentivo di fare. Ora mi piace pensare che, qualunque cosa succeda, non sarò costretto a rimanere qui e forse diventa meno doloroso andar via quando sai di aver detto fino all'ultima goccia di parola rimasta nel sangue. L'amore è uno, è l'unico possibile se vuoi chiamarlo amore. È quella parte della cellula che racchiude il nucleo e il nostro dna sta tutto lì. Ecco, tu sei il mio nucleo, la parte indispensabile del tutto. Abbiamo bisogno di tantissime parti per essere felici, ma l'amore è la parte indispensabile del tutto.

Assurdamente non capirai mai la bellezza che c'è nell'esser capaci d'invecchiare nella sala d'aspetto d'un tramonto che non tramonta mai.

Mi piace pensare che sia stato un bel sogno che un giorno rifarò. Con un altro finale al risveglio. Perché ci tengo alle cose che ho visto con te. Non ti dirò mai che chi sogna conosce tutto e tutte le risposte. Questo te lo dirà solo chi non ha mai sognato veramente. Perché chi sogna veramente sa che dovrà combattere per realizzare i suoi sogni. Sai, nessun sogno è veramente e semplicemente un sogno, e questo lo sai anche tu. Ma ti dirò che si può sperare che tutti i sogni si avverino senza prendersi mai nessun impegno concreto per farli avverare sul serio. La mia anima non ha l'impermeabile e ogni tanto ci piove dentro, ma so che continuerò ad accendere fiammiferi per riscaldarla. Non voglio che domani, contando i danni che fa la prudenza, il mio sogno mi sussurri: "Tutto quello che volevi era qui, ma tu non l'hai capito". Non esiste sporco impossibile per un'anima allenata ad amare. Potrai pensare che io sia un povero illuso, forse lo sono. Ma le imprese che ci sembrano impossibili sono solo le più nascoste, così in profondità che i cambiamenti capaci di aprirci un varco inaspettato verso un mondo sconosciuto nemmeno li vediamo.

Nessuno si è mai perduto senza disubbidire al destino che ci raccontano fin dalla nascita. Nessuno si è mai perduto sulla retta via.

Solo i disubbidienti si perdono, solo chi si fa mettere zero in condotta dalla felicità. E i disubbidienti non ti diranno mai che non hanno più l'età dei sogni. È come dirsi che esiste un'età in cui non è più ammesso desiderare di essere felici.

Preferisco una curva spericolata piuttosto che una retta via. Tanto nessuno può multare l'amore, soprattutto se ha sogni sfacciati.

Ciò che ci sgomenta dell'amore è che ciò che può ucciderci, è allo stesso tempo ciò che desideriamo di più, che il piacere va inseguito mentre il dolore è già seduto sulla soglia al nostro ritorno. L'amore non si guadagna come altri traguardi che richiedono impegno e sacrificio. Non è che te lo meriti, l'amore. È un incontro improvviso, una magia, un regalo, una fortuna inattesa, una festa a sorpresa. E così, di conseguenza spesso pensiamo che ciò che ci viene dato dal caso, dal caso può esserci tolto. È vero in parte. Perché l'inquietudine che aleggia siamo sempre noi a placarla. Chi non ha la pazienza e la volontà di innaffiare i suoi fiori dirà di amarli dimenticandosi di dar loro l'acqua necessaria a farli vivere, e darà sempre la colpa al clima sfavorevole, quando moriranno. Se ci chiedono indietro l'aria, dobbiamo imparare a respirare altrove. Dalla terrazza ventosa dell'anima si riceve la carezza che prende la misura ai desideri e la vera libertà è essere padroni dei nostri desideri. Ricordati questo per sempre, qualunque scelta farai. Numera ciò che è numerabile, misura ciò che è misurabile, e ciò che non è misurabile difendilo e impara a non dargli mai un prezzo. Rubagli la filigrana di un respiro, tanto l'amore non è in vendita. Nessun'anima che ama si presenta vestita al cospetto dei suoi sogni, sull'altare dei sensi, su un letto di sguardi. L'amore non è l'unione di due solitudini, è la percezione che quella vita, quell'unica vita sappia riconoscerti in mezzo al mondo. Si può restar più soli in due che da soli, se la vita che hai accanto non è quella lì, perché quella lì è l'unica possibile, l'unica capace di sorprenderti i sogni già svegli e già pronti a partire per perdersi, mai per disperdersi.

– Due mezze lune non fanno intera la luna, Demian. E non fanno intera la felicità.

– Ma certamente, Meg, hai ragione. Ti piace essere te? Mi addolora comprendere che la vita che scegli di tenerti così stretta ti privi della gioia che io saprei indicarti con il dito, da qui, – disse Demian sfiorandosi le labbra, – fino a qui, – sfiorandole appena il seno per indicare il cuore, – fino all'amore. Ogni viaggio spesso ha un preludio, un intermezzo e un epilogo, ma il viaggio d'amore che ti ha condotto al punto da cui ripartire rimane per sempre. Ogni viaggio d'amore vissuto attraverso i tuoi percorsi interiori solca una riga sul palmo della tua mano. Ogni riga si ricongiunge alla tua nuova strada, svelandoti qualcosa di più. Nessuno avrà bisogno di leggerti le mani per svelarti chi sarai, sarai tu sola a saperlo, a scoprirlo.

La luna è piena perché è composta dall'essenza di colori e crateri tuoi e di chi ami. Se così non fosse vedresti sempre la luna calante, ora da una parte, ora dall'altra, ma sempre a metà, fino a percepire il novilunio e non vedere più nulla.

Amarsi davvero comporta il rischio dei propri fallimenti. Se la luna fosse insicura sceglierebbe di non mostrarsi mai. Si metterebbe sottovento o di traverso, approfitterebbe delle nuvole per dileguarsi e fuggire. Ma le è stata donata quella luce eterea, perché dovrebbe scegliere di nascondersi per paura? La luna ha miliardi di figli ovunque. E tanto più è sicura e serena tanto più trasmette sicurezza e serenità a chi la guarda. Ti sembra serena stanotte la luna?

– Sì.

– È perché questo amore ne riflette la luce come uno specchio.

Quando sei serena la luna ti rischiara, se sei tormentata guardarla t'incupisce. Ecco, l'amore incondizionato è come quello della luna. Si dà senza preoccuparsi del fatto che la maggior parte delle persone non ne ricorderà la bellezza, se ne dimenticherà o volutamente la ignorerà. Infatti se la guardi sembra sorriderti. La vera serenità che c'è nel donarti non dipende da ciò che ti aspetti di ricevere indietro, ma dal fatto che ti senti così bene nel dare da scegliere di continuare a dare, nonostante tutto. Siamo due colori diversi, io e te. Nessuno vorrebbe il colore dell'altro, ma a nessuno basta avere più soltanto il proprio. L'amore arriva senza avvisi di garanzia e se il mondo sapesse mantenere lo stato di grazia che proviamo mentre il pensiero di qualcuno ci gira nella mente come una trottola fantastica, vorremmo dargli di più, molto di più. C'è una piccola parte del libro che non hai mai letto.

– Ma cosa stai dicendo, Demian? Te l'ho letto e riletto tutto per giorni.

– Apri il libro, Meg. Ti ricordi? Quando stavi leggendo della luna blu ti è squillato il telefono e hai lasciato a metà la lettura.

Avevi la mia luna blu. Unica.

Non hai mai pensato a quanto rumore possa fare una cosa... minuscola fino a quando non la perdi. E volevo dirti che se avessi aperto gli occhi io sarei stato per te quel ragazzo e tu saresti stata per me quella ragazza. O qui o altrove. Ma ora la luna è gialla per tutti. Cosa credi che sia la luna blu?

Gli occhi di Demian, due fionde tese dentro alle iridi incandescenti di Meg.

– Perché Meg, la luna blu la vedi solo negli occhi di chi ami. È il senso del mio libro, è il senso del tuo libro, perché ogni vita è un libro e in ogni libro ci sono vite reali che si toccano. Non bisognerebbe mai lasciare che si toccassero invano.

– Non so che cosa provo, non so cosa provare.

– Non so se amarti o odiarti, nel dubbio io ti amo. Magari avrò tempo per odiarti domani, quel domani che non arriva mai.

– Mi piacerebbe scordare chi eravamo per rincontrarci come siamo.

– Non ti sto dicendo che tu debba rinunciare alla tua felicità per la mia. Ti sto solo dicendo che la tua felicità e la mia non sono due felicità distinte, ma sono indivisibili. Bisogna solo riconoscere che esistono strade e percorsi differenti per raggiungerla e congiungersi nel momento giusto, per diventare noi finalmente le persone che vorremmo incontrare.

Ci sono persone che dopo un'esperienza importante si fanno un tatuaggio per ricordarsene. Ecco, io ti dico che il posto più bello dove puoi appoggiare la pelle è l'amore. La paura è un ago che cuce anche la scorza più dura, ma quando si è pelle della stessa misura dei sogni, i sogni t'incidono l'amore addosso, lo accarezzano e si realizzano. E cosa aggiungere? Che i sogni a cui rinunci sono sogni vigliacchi, nati con la paura addosso. Le alternative a questi sogni non vivono in terra, sono già morte.

– Chissà se piove oltre l'orizzonte di un dolore? O se finalmente il cielo da mattone si fa velo.

– I dolori imparano ad essere sottili, a stridere sotto le porte delle tue sensazioni, proprio perché non riesci ad afferrarli con facilità per buttarli fuori. Si dileguano per tornare quando meno te lo aspetti. Ti fanno i complimenti per la serata appena trascorsa in compagnia della tua solitudine e tu quasi ne ridi, quasi ti ci abitui a questi complimenti. Sono feroci certi complimenti, prima ti guardano e poi ti sputano addosso, e quando provi a lavarteli non li trovi più, ti sembra di aver fatto pulizia, riesci a sentire solo l'acqua che scivolandoti addosso lascia andare tutto, anche l'odore acre dei tuoi lamenti. Tu che passi senza vedermi e inciampi in un mio respiro: ti sei mai chiesta se rubarmi le rose dell'amore dalle mani per il gusto di tenerle solo qualche giorno e lasciarle poi morire senza sangue sia peccato? E non ti accorgi che il dolore più grande è quello che credi sia la tua salvezza? Quello tu non sei riuscita mai a scorgerlo. È la rinuncia al sangue della tua anima, quando non ti pungi più. Quando le tue rose non sono più sporche del sangue di chi ha provato a pungersi. Quando hai incontrato per la prima volta il mio sguardo, i tuoi occhi mi chiesero di ucciderti. Per questo ti ho salvato, scegliendo te fra tutti i visi del mondo. Io li ho salvati e per salvarli son morto io. Mentre loro mi sopravvivono dentro e comincio a guardare le cose attraverso il tuo verso, come esistesse un canone solo nostro. Ma tu non lo sai che io vivo ancora. Che ti vivo ancora dentro per il merito di nessuno. Ma tu non lo sai che alcuni occhi non smettono il loro mestiere di cercatori d'oro invisibile. Se soltanto potessi vedermi adesso, sapresti guardarmi? Ammettere che ci sarei stato io a raccoglierti il cielo quando cadendo ti sarebbe sembrato un pavimento sporco. Noi siamo la clandestinità di un sorriso tradita dalla coscienza dello stupore, troppo spesso stranieri a noi stessi e in grado di ritrovarci soltanto sull'asse dell'insieme. I sentimenti ci salvano, l'amore ci salva. Bisogna andarseli a cercare i giorni migliori. Cercarli là fuori. Sentimenti senza risentimenti, provvisti di indifferenza, l'unica che fa virtù, l'indifferenza a quel che non è amore. E soprattutto Meg, il vero amore non si parcheggia in doppia fila. Tutti vogliamo essere liberi, ma non prigionieri di noi stessi.

– Si può essere felici anche così. Andando sempre via.

A Meg quelle parole risuonarono come un giradischi rotto nel cervello: "Il vero amore non si parcheggia in doppia fila". Proprio lei, con l'abitudine di lasciare sempre la sua auto in quella condizione e forse anche il suo cuore. Lievemente turbata, non lo diede a vedere.

– Questo libro non lo hai scritto per me, lo hai scritto per qualche donna che ti ha ferito in passato, sono io che mi sono illusa. Tutto il resto è stato solo una tragica coincidenza. Quella frase sul frigo, tutto ciò che ho trovato e letto qui. E poi siamo troppo diversi, non funzionerebbe mai fra di noi. Io ho una vita regolare, scandita da ritmi precisi. Tu vivi senza regole, con la testa fra le nuvole, la visione delle utopie, perché credi ancora nell'amore come se avessi un cuore ancora adolescente. Torno a Torino Demian, non puoi fare né dire niente per farmi cambiare idea.

– Forse la mia frase sul frigorifero ti ha ricordato la parola *utopia*. E comunque chi non crede alle coincidenze del cuore le perde. La giostra della luna non ripassa più, non le piace che si scenda troppe volte dalla felicità. Eccolo questo presente in anticipo su ogni ora che non verrà, che non verrà mai più. E sai quando a malincuore si va via? Quando alla porta non ci apre più nessuno e non si ha più nessuna sigaretta da giocare fra le dita, mentre si aspetta un sorriso di scorta alla tristezza. Le cose non cessano di essere, Meg, le cose si trasformano perché siamo noi a trasformarci andando. Quando pensi di non esser più in grado di riconoscere un luogo è perché ad essere cambiato di posto sei tu. Io ci ho provato e riprovato a camminare la mia vita verso te e non so perché ad ogni passo ero sempre più distante.

Ho visto un giardino nel tuo cuore.

Spero che un giorno qualcuno lo curi come avrei fatto io e che qualcuno curi il mio.

Amarsi è darsi acqua.

Un giorno d'improvviso la libertà ti chiederà: "Tutti mi vogliono, regalami". E quando proverai a regalarla, nessuno la vorrà. Allo specchio la scambieranno per disperata solitudine.

Meg abbassò lo sguardo in silenzio.

– Che cos'è per te la solitudine?

– Avere lacrime d'oro e non poterle piangere.

Perché è anche attraverso le lacrime che si ha la capacità di capire che ami, che stai amando. Esistono lacrime e lacrime, quelle di gioia sono stalattiti che si sciolgono liquide sui respiri.

– Prega che dentro te vi resti sempre una lacrima di riserva. Un uomo che non sa più piangere non sa più nemmeno ridere. In un sogno tu o il tuo George mi avete detto questo!

– Te lo sei detta tu stessa attraverso di me. Forse lo pensi e non riesci ad ammetterlo. Non riesci a essere nella tua realtà, quella che sei quando sogni. Eppure l'utopia che intendi tu è molto diversa da quella che intendo io. Tu la vedi come ridicola e inattuabile, io come l'ipotesi mentale e possibile di felicità. Ma qual è la tua vera essenza? Cos'è che ti occorre per essere felice? Cosa, Meg? Lo sai? Come si può aver paura, per paura del giudizio degli altri, di essere se stessi?

Demian sorrise: – Non si addomestica la paura. Devi ucciderla, oppure arrenderti e farne la tua padrona. È una bestia che cresce giorno dopo giorno e ha bisogno di spazi sempre più grandi. Ti chiederà di più, sempre di più. Le cederai la casa e piano piano l'anima, e ogni volta che la guarderai negli occhi, per sfuggire alla tua disperazione le dirai che sei felice così, nel tuo stanzino buio. La felicità fa così tanto rumore da tenerti sveglio. Il dolore è muto, ma non ti addormenta.

È comunque preferibile amarsi di uno squallido bene e ferirsi su un terreno naturale piuttosto che innalzarsi oltre un cielo artificiale, fissando solo l'indifferenza, felici di niente. Perché se l'amore ci uccide, poi non sopravvive senza di noi.

Ogni giorno abbiamo infiniti motivi per temere la sorte del nostro cuore, ma l'unica possibilità possibile è quella di restare fedeli a noi stessi. Restare fedeli a noi stessi, sempre. È l'unica garanzia che non scade mai, quella della nostra anima. Nasciamo già per dirci addio, ma è comunque un reato andarsene via prima della fine.

È un po' come quando stai sognando e la sveglia suona d'improvviso e tu volevi finire quel sogno. È vero che è già tardi e devi alzarti, ma ti sembra ancora troppo presto per dar luce a un nuovo giorno. Avrai mai il coraggio di confessare a te stessa che questo è l'amore? Che puoi ardere di passione mille volte allo stesso modo, ma amare davvero in un modo soltanto? Forse sarà che per tutta la vita mi sono sentito così, ma non sono mai riuscito a dire: "Rimani!". E che il dolore mi attraversi rapido e impetuoso come un temporale. Che almeno il dolore ci metta passione e non indifferenza. Non voglio essere felice senza te, quindi se te ne vai uccidimi e poi non sopravvivere senza di me. Agli esami di coscienza non si prende quasi mai la lode. Non si va mai a fondo nel programma, si lascia sempre qualche argomento al vento, si sviscerano le aspettative, si accumulano i rischi, ci si prepara al minimo indispensabile. E invece l'amore arriva per noi, ma la strada che percorre dovremmo conoscerla, ci passa dentro. Gli amori impossibili sono gli unici ad essere perfetti perché non hanno in sé la responsabilità dell'anima. La mia anima non è perfetta, ha il vizio della presenza e rifiuta ogni volta il voto del silenzio. Credo che ci sia un inguaribile desiderio di vita in giro, eppure ammazziamo l'anima di malinconie e ci attacchiamo un po' troppo al nostro dolore.

Abbiamo fretta di amare, poi fretta di andare, di tornare quando non si può. Credo alle anime calamite che non potranno opporre troppa resistenza perché si appartengono dallo stato d'attimo primordiale. Potrebbero appartenersi le nostre esistenze, senza struggerci né distruggerci, se ci lasciassimo attraversare da un fiume semplice, che non sia cascata e nemmeno pozzanghera. Seguirne il corso, smettendo di combattere, affidandoci all'istinto del nostro sentire, con le sue fasi, come la luna.

A volte arrendersi non è perdere. Se non hai dato tutto, non hai dato ancora, ma se sai di aver dato tutto, arrendersi è vincere la battaglia per se stessi. Ho vissuto delle emozioni che mi hai prestato solamente ogni tanto. Non so se si sarebbero intrecciate le trame delle nostre vite, non so se ci sarei rimasto volentieri e tu non puoi sapere lo stesso di me. Volevo che tu entrassi nella mia realtà e ti ci trovassi bene.

– Per il troppo amore a volte si ama male, come per l'avere troppa fretta o troppa esitazione.

– Ma strappare il foglio inesorabilmente mette fine al libro. Ed è inutile svegliarli, i sogni di nessuno. L'amore è un meccanismo misterioso che scatta o s'inceppa d'improvviso. Si rumina presenza o si ingoiano illusioni. Ma l'unica cosa a cui dobbiamo abituarci è che non si può restaurare il tempo. E ora raccontati un'altra bugia.

Oppure ti racconto la mia. Ti dimenticherò.

Tieni, questa lettera l'avevo scritta per te, avevo il sentore che saresti ripartita. Non so quanto possa servire, ma è tua. Fanne quel che vuoi, buona fortuna Meg. Chissà quante volte te la sarai sentita dire questa frase e chissà quante ancora la sentirai. Mi mancherai.

– Come ti può mancare quello che veramente non hai mai avuto?

– Sei tu che devi riflettere su questo, te lo sarai chiesta tante volte. Tu che stai tornando sulla strada come se non ti mancasse un battito. L'amore ci rende strani nemici, ma chi scappa davanti al nemico non ha coraggio.

Vorrei imparare a dire addio una volta sola. E così mentre ogni giorno te ne vai, ogni giorno torni un po'. Non si smette di amare mai, il cuore non lo imbavagli. Non te lo paga il riscatto, amore. Piuttosto muore.

– I sogni sono solo invenzioni della nostra mente.

– Forse, ma alcuni sogni ci innamorano dall'inizio e sembrano non finire mai.

Butta via quelle certezze presuntuose, quelle assurde convinzioni di non potersi perdere mai, di poter allungare il braccio e riafferrare sempre in tempo l'amore che si allontana. A un certo punto si farà tardi. Quando indossi l'anima di chi ami nemmeno te ne accorgi, perché è l'unica che ti sta perfettamente addosso. Ma quando ti si scolla per andarsene senti uno strappo ruvido e deciso. A quel punto non c'è più nulla da fare. Vuoi o non vuoi non sarà più perfettamente aderente alla tua essenza, se l'avrai delusa e derisa troppe volte.

XX

Meg chiuse la portiera del taxi. A volte le lacrime colano all'interno dei volti, non si vedono all'esterno. Sono le perle dell'anima, quelle lacrime, le più vere. Demian non aveva pianto nel lasciarla andare e a Meg insieme alla sua sottile crudeltà tornò in mente una frase di un suo sogno: "Non ti amerò mai così tanto come quando ti lascerò andar via, mentre tutti i nomi delle cose riecheggeranno il tuo".

Aprì la lettera:

> L'ultima cosa che scrivo per te, ingannando la libertà, mascherandola fuori Carnevale, soffocando l'amaro lamento di un desiderio immortale, l'amore.
> L'ultima cosa che scrivo per te, nel mio esserci anche quando non mi vuoi, nel tuo non trovarmi quando mi vorresti, nel volere sempre quello che non c'è, perché sei un po' come me.
> L'ultima cosa che scrivo per te, a chiederti come sarebbe stato se tu avessi lasciato aperte quelle mani, se tu avessi lasciata aperta la tua vita con le cure e le

premure che un mondo in miniatura ha bisogno di dare per avere e non di avere per ridare.
L'ultima, un po' come la prima a immaginare come sarai domani, con chi sarai e chi avrai accanto quando arriverà Natale e imbarazzata e felice scarterai la vita di chi vuoi, senza bugie in scatola.
L'ultima cosa che scrivo per te, immaginando con chi rivendicherai il diritto di respirare con l'anima e di offrire per pasto il tuo respiro, essendo gentile per il solo gusto di cucinare progetti e condirli con scintille di rose e biancospini, perché l'amore non è mai un dovere, ma il diritto di dare anche senza avere.
Con chi progetterai il giro del mondo in una mano, mentre lo guarderai negli occhi e ti accorgerai che non sempre si smette di sorridere perché si è tristi, a volte è semplicemente il preludio incantevole di un bacio e che non sempre è necessario spostarsi per fare un viaggio insieme.
A chi regalerai le tue mani sulla schiena, quel calore che il tuo cuore nasconde e non sa di possedere se non nell'intervallo delle extrasistole di un momento, subito messo a tacere smettendo di bere emozioni.
E a chi confesserai le tue vere paure, confortata dal fatto che chi ti ama le fragilità le protegge e le difende, non le usa per flagellare episodi e ricordi che ti hanno portato ad essere così.
L'ultima cosa che scrivo per te per sapere se un giorno tornerai a guardarmi come hai fatto una volta, coinvolta dall'impulso di vivermi anche da vicino, se proverai per una volta la mia stessa fatica nel lasciare andare le persone che amo e nonostante ciò farmi discreto in un angolo del pensiero per osservare soltanto, senza più interferire con i passi del domani.
L'ultima cosa che scrivo per te per ricordarti i danni che fa la prudenza, ma anche la dura e cruda resistenza di alcune parole bastarde che quando hanno fretta escono e impiccano le buone maniere, e travolgono la dolcezza e sporcano le unghie del dubbio, creando pretesti buoni per andar via.

L'ultima cosa che scrivo per te, per dirti che l'autostima è una di quelle poche cose che si costruisce mattone su mattone, non ci viene data in eredità. Non è una sfarzosa casa di lusso con piscina, ma nemmeno una baracca da farci demolire dai picconi altrui. Per dirti che con te avrei piantato la radice dell'anima nel nostro giardino e lasciato filtrare l'aria dalla finestra, con la mia incoscienza e la tua umiltà edificate su piccoli sogni spericolati, per dare vita a dei giorni più grandi e fare entrare in una fessura tutto il cielo.
L'ultima cosa che scrivo per te per dirti che dentro a queste mie dita avevi le tue possibilità e con i miei foglietti ci farò un aeroplano di carta, perché costruire sogni non è difficile, è abitarli che richiede pulizia, troppe ragnatele alle pareti spingono all'abbandono dei luoghi emozionali.
L'ultima cosa che scrivo per dirti che quando ti diranno che non puoi fuggire da quel che sei non sarà necessario che tu ci creda. Potrai continuare a fuggire per sempre, poggiarti un attimo e subito andare, perché si può anche scappare dalla vita per la vita e rincorrere illusioni di salvezza. L'unica cosa che posso assicurarti è che così non sarai mai felice e che dopo non ci sarà nessuna scialuppa di salvataggio. Il paradiso è soltanto un sostantivo, per renderlo vivo dobbiamo fissarlo nell'anima.
Ma magari non avrai nemmeno tutti quei rimpianti, perché quello è il modo che avrai scelto per non soffrire mai.
Ti sarai risparmiata un bel po' di dolore, quel dolore che prende alle ossa, ma non avrai mai nemmeno imparato a fare le capriole con l'amore, e questo è un gran peccato.
Non è che ti sarai sbrigata a vivere, la vita ci pensa già da sola ad andare in fretta, per complice ha il suo nemico tempo. Però avresti potuto guardarlo negli occhi, il nostro incontro. Impresse sulle retine ci sono le resurrezioni degli sguardi che non dimentichi mai. Ogni giorno che passa qualcosa si rompe, s'infrange su muri

invisibili, su barriere emotive. Forziamo i divieti di accesso e cavalchiamo incomprensioni per non perdere tempo.
L'ultima cosa che scrivo per dirti che la vita il tempo può farselo amico e mi ha svelato un segreto che tu già sai. Il tempo vuol pranzare e chiacchierare, vuol fermarsi, respirare, dimenticare il suo compito inesorabile per un attimo. E quel cancello al bello della mente si apre d'improvviso, dà accesso all'immortalità, per un attimo. Ci si passa per caso, magari, ma ti pianta nell'anima un odore che non dimenticherai più. Ma se perfino l'eternità ha una scadenza oggi, nell'ultima cosa che scrivo per te comunque ti chiedo: "Daresti un calcio alla luna?".
Ti lascio con la tua vita e ti ritrovo con la mia, ti lascio con la mia vita e mi ritrovo nella tua. È assurdo, a volte le persone ci regalano la loro vita e noi non ce ne rendiamo nemmeno conto. Io non volevo che noi fossimo il nostro sogno così perfetto, esattamente come lo avevamo sempre sognato. Volevo che una volta in piedi avessimo avuto la volontà di sorprenderlo sveglio, vederlo imperfetto e continuare a volerlo per viverlo ancora, stavolta ogni giorno.
Io ci sono sempre. Anche quando mi ferisci. Perché ti amo sottraendomi e non aspettandomi. Precipito parole, gocce di un temporale. Senza paura o pudore. Ci sono se mi chiami. Ci sono se mi sfuggi. Se mi ignori, se mi odi. Ma lasciami uno spiraglio, non chiudere le finestre. Queste parole ti bastino, se sanno emozionarti. Non ti occorre più aver sete, se sai per chi le ho scritte le bevi, incessantemente. E l'importante è che tu lo sappia e che ti riconosca e che tu sia orgogliosa di generare amore. Non domandarmi la brutta copia di queste parole, perché è normale che la vita ci colga impreparati, per questo mi affido e confido nell'improvvisazione. Perché è un sacrilegio recidere i fiori quando ci sbocciano nella mente.
Sono qui per restare, meglio non saprei dire, né fare, né essere. Se sono un libro aperto, se ancora non mi

pento, se ti sfoglio i miei guai, se non sto zitto mai, una ragione c'è. È sempre per raggiungerti.
Se solo mi vedessi adesso sapresti guardarmi?
Mi piace immaginare i nostri destini bendati come un animale a caso, il cuore, in corsa verso un cielo verticale. Nel caos, nell'incontrarsi in tutti i posti anche senza volerlo e non sapere quando, trovarsi d'improvviso senza deciderlo e pagare i nostri conti senza chiedere sconti, e non comprare quel che troviamo ma quel che vogliamo, e se non c'è andar via. Sii felice per le piccole cose, perché non significa accontentarsi. E se ti esce controvoglia una lacrima che non vuoi, ti è comunque uscita, devi essere pronta a riconoscerla tua. Sai, l'essenza di me, d'istinto, ho lasciato che la respirassi.
Non si può diffondere una fragranza che non si possiede.
E c'è differenza fra un profumo e un odore.
Un profumo è in vendita per tutti, un odore è il prezzo che dai all'amore. Unico, perché impasto di anima e sogni di una vita, nella sala d'aspetto d'un tramonto che non tramonta mai. Allora quando mi ricuci, lasciami una lampo sul cuore. Se la tiri giù potrai accorgerti che escono e volano farfalle con il desiderio di non finire appese a una parete.
Perché quella non è vita eterna. Noi siamo eterni quando anche se non ci siamo quell'odore trapassa. Si nasconde all'olfatto, ma resta.
E io sono qua, non desidero altro adesso che tu mi prenda per mano e mi aiuti ad attraversare la strada. Non chiedo mai aiuto e so che lo sai. Me la sono sempre cavata da solo. Non sono un uomo buono, ma nemmeno cattivo. Sono umano. Ma non uso scioglilingua ipnotici per arrivare al nocciolo delle cose.
Ti scrivo per dirti che tutti siamo uguali nella nostra assurda convinzione di essere diversi e di sentirci speciali, ma che siamo unici sempre e davvero solo grazie all'amore. Prima che venga il tempo di partire si dovrebbe avvisare che non torneremo, si dovrebbe chiedere e dare l'ultimo abbraccio. Se quell'abbraccio

stretto, avvolgente, da stritolare il respiro al cuore non arriva, la porta non si chiude e torneremo, continuamente, come anime fantasma in pena d'amore.
Avrei voluto trovarti anche un solo giorno prima, ma se poi avrei comunque dovuto perderti allora avrei preferito non averti mai incontrata. Ma che sciocchezza, Meg. Accetta anche le mie sciocchezze, ogni tanto. È sempre meglio dire tutto. Ti ho lasciato sognare a mie spese tutto ciò che da solo non avrei mai potuto comprare. Pagherò sempre a mie spese il prezzo per l'eternità. Forse non sei tu la persona giusta per me, ma probabilmente quella giusta accanto a me non l'avrei sopportata, perché se non ti avessi mai vista non avrei questi occhi, se non ti avessi incontrata non sarei me, e soltanto se ci accompagna l'amore non ci farà più paura la notte. Se tu non mi avessi mai incontrato non saresti stata tu e senza quest'incontro questa non sarebbe stata poi davvero la nostra vita. Perché se qualcosa è, è perché dev'essere.
Se tu domani non ci sarai, e se io non sarò l'acqua del tuo fiore, mi piacerebbe ricordassi che tu sei la creatura innaffiata dai miei desideri e non dai miei bisogni. Vorrò smettere di ricordare che sia impossibile far traboccare il mare e smetterò d'inventarmi un luogo che senza te non esiste. Bisogna rimanere al passo dei sogni per incontrarli. "Quando mi affido all'incoscienza dei sogni mi sento più responsabile". Ricordi? Questo me l'hai detto tu. Ora non mi aspetto un volo, vorrei sentire i passi. E magari d'improvviso un giorno capiremo che l'amore è il troppo che resta anche mentre va via e che non vorremo diventare la miglior cosa mai successa nella nostra vita. E magari d'improvviso un giorno capiremo cos'è che ancora ci è rimasto da capire, per capirci davvero e non perderci più. Perché forse il nostro piccolo sogno finito si trova dentro a un grandissimo sogno infinito ancora da esplorare.
E se per un attimo, mentre aspetti un treno o un aereo, ti si fermerà il cuore, non ti spaventare, è solo amore che passa nei ricordi.

Esiste un luogo dove io e te vivremo sempre. Non cambierà mai la geografia di certi sguardi. Non serve indicare il presente se l'eternità è passata e noi non c'eravamo.
Sì, avrei voluto incontrarti almeno un po' prima di perderti e le parole dette alla fine forse è meglio non dirle più. Non si prendono le favole degli altri per lasciarle finir male. Tanto meglio non iniziare a leggerle, allora.
Si sprecano parole, ci si raccontano finti sentimenti, ma accade anche il contrario. E non è vero che l'amore non può avere dubbi, che non può cadere e ferirsi le ginocchia. L'amore può anche screpolarsi la pelle, ma sa rialzarsi e ricrearsi più forte di prima. Perché vive di essenza propria e come tutto quel che è vivo può soffrire il momento senza per questo cessare di esistere. C'è chi si sbuccia il cuore inciampando in una vita, ma poi lo rifarebbe. Quel che morì quasi ancor prima di nascere, ma per un attimo ha bussato alla tua vita sperando che tu aprissi, ero io. Perché forse io sono nato per perderti, ma per un attimo son stato tutto, son stato dentro alla tua eternità e ho visto dritto in faccia l'amore. Ci sono certi ieri, amore mio, che quando tornano sembrano oggi e io avrei dato il buongiorno al futuro nei tuoi occhi.
Potevamo sopravvivere a un per sempre, *n'est-ce-pas*? Come si fa, mi chiedi? Quando un per sempre dura meno di un secondo, quando un per sempre è troppo corto per permettersi il lusso di perdere battiti, ti accorgi che due vite sono un unico, immenso respiro dell'anima, un'unica boccata di vita. Tutta la mia vita è una storia d'amore con la tua anima.
Ci cercheremo ancora, perché è stato bello crederci angeli in un inferno di verità e fra le ali quel profumo d'eterno, per un istante. E domani altri occhi prenderanno il nostro posto, occhi che oggi io ancora non conosco. Ma da lontano ci guarderemo ancora, sapremo ancora riconoscerci. O forse sapremo ancora perderci. Poi l'ultimo orgasmo farà venire il silenzio.

Per un momento Meg fu tentata di chiedere al taxi di tornare indietro invece che condurla al volo del ritorno. Erano un po' tutte un déjà vu dell'anima, quelle parole, un già sentito nel profondo, un intreccio strano fra due sconosciuti che attraverso un sogno erano arrivati a toccarsi, svegliarsi e nonostante l'addio a cambiarsi pelle per sempre, lasciandone un lembo per uno fra lo sterno e quella parte sinistra del petto dove si sente il cuore, che si toccò continuando a leggere.

> Ti hanno messa fra i sortilegi dell'anima che non svaniscono nell'aria, nel tempo, nella distruzione dei giorni inesorabili, e negli attimi tesi a diventare ieri.
> Ti hanno messa al centro del mio petto, un po' spostata, in quella parte sinistra dove si sente il cuore.
> Ti hanno messa dove il vento ti somiglia e così mentre tendo la mano fuori dal finestrino, superando i limiti di velocità delle mie emozioni, ti assorbo come la spugna di un brivido che ti gocciola anima e si espande come un folle virus da cui non vuoi guarire perché stai più male quando non c'è.
> Ti hanno messa appesa alle mie ciglia e in ogni sbattere di palpebre mi tocco l'occhio per toccarti e sei lacrime liquide di vera, profonda, incredibile commozione animale e orgasmo mentale.
> Ti hanno messa nel tratto della mia penna, veloce, selvatica, la conduci implacabile a scrivere di te e poi zitta, si ferma, immobile, ipertensione di desideri che non riesco più a gestire, tanto sono aggrappati alla pelle da non volersi staccare.
> Ti hanno messa sulle mie labbra e la mia lingua impara un senso che non conosce, sentire ancora il tuo gusto, il tuo odore in me.
> Ti hanno messa a dormire la mia notte, a svegliare il mio giorno, a intrecciare e sfaldare pensieri e bisogni, ricucirli di nuovo con quell'ago del cielo che definisce i contorni perfetti dei tuoi sogni.
> Ti hanno messa persino dentro a una preghiera che

non so cosa sia e con te ho scoperto, rivolgendomi a un bacio, a mio padre, a una lettera, alle leggi non scritte che solo il cuore conosce.
Ti hanno messa dove il sospiro dell'unico paradiso che riconosco è il fruscio del tuo corpo che si muove e la mia perdita di gravità.
Ti voglio comprare un desiderio al mercato dei sogni.
Mi hanno messo lì apposta.

XXI

Rimettendo piede a Torino, a Meg sembrò cambiata. Sentiva di non volerci più restare, aveva bisogno di aria nuova. Si sedette su una panchina e scorse le scritte dei ragazzi, quelle scritte d'amore che si promettono amore eterno con l'inconsapevolezza orgogliosa della loro età mista ai flussi incoscienti dell'infinito. Lì scrisse a chiare lettere: "Sei la donna che amò un sogno". E ci tornava sempre a sedersi, ogni giorno, su quella panchina, quasi come un assassino che torna sul luogo del delitto, se per esser preso o scagionato fino in fondo non lo sa nemmeno lui.

Demian aveva provato a chiamarla un paio di volte. Lei non aveva risposto. Le aveva mandato via e-mail un biglietto Londra-Torino per farle capire che avrebbe avuto piacere di venirla a trovare e conoscere un po' il suo mondo. Dopo qualche giorno di silenzio un'ultima e-mail e poi il nulla :

E ci ho provato e riprovato a camminare la mia vita verso te e non so perché ad ogni passo ero sempre più distante. E ci ho provato a regalarti la mia anima, a farti sentire la presenza delle mie mani e non so perché più le stringevi e più eri sola, e a me sembrava impossibile. Poi la vista sbiadisce i desideri, va a tentoni sulla strada, è in affanno sui pensieri. Il peso dell'ultimo sorriso è il risvolto di una lacrima. Non si chiude una ferita inferta con il sale. A maledire un'emozione ci si rimette l'anima, dunque non lo farò. Ma ad aspettare troppo ci si dimentica di quello che si aspetta. Non ti sei stancata di calpestare la neve della mia mente? Se parti e torni indietro, prima o poi si scioglie. Forse perché ci credevo molto più grandi di quello che siamo. C'è un abisso fra l'essere invisibili e l'essere trasparenti, e fra i capricci e l'amore, la vanità e il cuore, la neve dell'assenza e il sole delle parole. Non sono un uomo invadente, non si resta a forza nella vita delle persone. Ti sarò sempre grato per quel che hai fatto per me. Ti dirò un'ultima cosa prima di andare. Non serve camminare con gli occhi bassi per non incrociare l'amore, ma basta per perderlo per sempre. Darò sempre la precedenza al cuore rispetto alla mente. È l'inevitabile calvario dei puri e maledetti insieme. Ma ho imparato a conviverci. Tu riderai di me perché non avrò quel che voglio, io non riderò di te perché non sai quel che vuoi.

Io adesso dopo lo stop ritrovo me stesso e mi riconosco. Io almeno ho me stesso. Tu non hai nessuno.

XXII

"Spezzerai le tue sicurezze in due promesse che non manterrai, mai e per sempre". Non ricordava più nemmeno se questa frase l'aveva sognata, pensata o le era stata detta. Non sapeva neppure se era tornata ad abitare la stessa casa o una casa nuova, estranea a se stessa, violata da ladri che le avevano messo a soqquadro la forma dell'anima, e ora era irriconoscibile.

– E cosa potrei aggiungere, però – si disse fra sé e sé. – Con George non hai vissuto niente davvero, con Demian sì.

Probabilmente per il suo risveglio, per la sua dolcezza concreta, per la sensazione di poter toccare quanto scottano alcune ferite sulla pelle, quelle non rimarginate dell'assenza d'amore, quelle che non si chiuderanno mai, probabilmente.

E c'è chi ama troppo e chi troppo poco, Demian te lo aveva detto. Forse sai che chi ama troppo non vive a lungo. E anche fra gli spazi vuoti di questa panchina arriva quel pensiero, la sua voce all'inizio flebile riprendere forza, la forza di accettarsi così, nel bene e nel male. La forza di non voler essere a tutti i costi migliore, solo amato.

Prese la penna e scrisse di getto.

Scrisse a mano, come quasi nessuno fa ormai da così tanto tempo. Comprò un biglietto e lo riempì d'anima e d'inchiostro. Sì, perché l'anima è a prova di proiettile, è l'unica che resta e non perché dopo la morte debba essere immortale. Probabilmente non lo è, ma ci fa sentire così. E noi, chiusi nelle macchine, spenti in mezzo al traffico, facciamo un po' per ridere i tiranni. Portiamo a spasso come schiave le nostre conquiste e l'amore ride di noi, della nostra opaca libertà. Ci rivolgiamo a chirurghi estetici, spendiamo capitali in profumeria, ci facciamo ibernare in attesa di un mondo migliore. Eppure l'unica cosa che ci rende immortali è l'amore. Spedì la lettera in fretta a Demian e chiamò uno specialista della mente, come lo chiamava la sua amica Meli, decidendo che forse era il momento di mettersi un po' in discussione.

In fondo un paio d'ore la settimana avrebbero potuto essere una valvola di sfogo.

Cominciò con fiducia la terapia, raccontando al terapeuta la sua strana storia con il sogno George e l'uomo Demian. Si abituò a rispettare l'impegno, a non arrivare in ritardo, altrimenti avrebbe dovuto pagare lo stesso la seduta. Si abituò a vincere la sensazione di scappare, d'inventare una scusa all'ultimo momento per non andare all'appuntamento.

Quel giorno, mentre di corsa si recava in terapia, aprendo la cassetta della posta trovò una lettera di Demian. La aprì in fretta e si stupì nell'accorgersi che nella busta c'era lo stesso foglio scritto da lei per lui.

– Mi ha rimandato indietro le mie parole, assurdo! Evidentemente la neve si è sciolta davvero.

Accartocciò il foglio, se lo mise in borsa e con rabbia si lasciò sbattere dietro il portone dell'entrata.

– Lei ha ventisette anni, Margherita, sarà forse il caso di rompere il bozzolo e accorgersi che solo facendo pulizia si riprenderà il desiderio di camminare, visto che volare a noi uomini non è concesso, non trova?

– Sa, dottore, una volta George in sogno mi disse: "Tu, così abituata a spostarti un attimo prima del tocco delle mani, tu così brava ad andar via un attimo prima dell'arrivo, tu desiderata più di ogni cosa ma ferma laggiù, fra le cose che non ho. Non ti amerò mai così tanto come quando ti lascerò andar via, mentre tutti i nomi delle cose riecheggeranno il tuo".

– E cosa pensa che significhi quanto si è detta in sogno? Perché è più che logico che le parole che i nostri affetti ci dicono in sogno sono opera della nostra mente.

– Che sono tanto brava ad andarmene via da me stessa. E mi chiesi, chissà se i silenzi sanno fare l'amore o sanno fare solo il rumore dell'assenza? Me lo chiedo spesso.

– Lei vuole e non vuole amore, ma si spera che imparando a conoscersi appaia il signor equilibrio, non solo in sogno, ma sulla sua strada. L'equilibrio non è unico, è composto da tanti piccoli equilibri che devono incastrarsi l'un l'altro nei nostri angoli interiori. Tanti amici preziosi che ogni tanto si nascondono, ogni tanto se ne vanno e dobbiamo ricercarli. Non c'è mai fine alla fine delle nostre stradine, mai vuote di senso, ma ogni tanto attraversate da quel senso di vuoto, da quel mal di mare in terra. Mentre camminiamo possiamo rimettere l'anima e sentirci nuovi, anche se non necessariamente migliori, oppure digerire la nostra per sempre, senza fidarci più.

Non fidarsi è un modo comodo di vivere.

Possiamo andare avanti, senza sgomitare sulle vie degli altri, ma senza dimenticarle. Senza dire che non ha senso quel che non capiamo, senza credere che ne abbia troppo solo quello che scegliamo. E a quel vuoto nello stomaco dare la possibilità di essere riempito, piuttosto che continuare a scambiare quella nausea per un inesistente senso di sazietà. Decidere di cenare sulla luna, senza farci leggere le mani per scegliere di stringere o no quelle di qualcuno. Farsi conoscere e riconoscere. L'equilibrio è anche rischiare di perderlo per un compromesso di vita, di accettazione non forzata, di una combinazione a due che si apre a una scelta condivisa. L'equilibrio è anche l'aria che quando si vizia di presenza smette di essere fumo e diventa profumo.

Ma nulla cambia se anche noi non cambiamo direzione. Sa cosa penso, facendo questo mestiere? Siamo piccoli mondi in miniatura, allineati per sbagliare, scomposti per toccarsi, divisi per ritrovarsi, vicini per perdersi o per fermare il tempo e non lasciarsi più. Per quanto diversi, abbiamo bisogni e solitudini uguali, e spesso si parla tanto dell'amore perché per molti è un conflitto interiore ancora irrisolto. Ogni tanto accade un'eclissi del cielo, un evento straordinario, un big bang dei sensi. Fra quei due piccoli mondi d'improvviso nasce un mondo nuovo. Scoppia addosso senza assensi né consensi, senza neppure la volontà. Non è l'unico abitabile, ma dopo averlo abitato ogni altro mondo appare insulso e riduttivo. Una strana forza di gravità sospinge l'anima, sempre e di nuovo lì, a sventolare la bandiera bianca della resa, come a piantare la vita su una terra scoperta e poi conosciuta, o meglio l'unica che si è disposti non solo a conoscere, ma a riconoscere come propria e unica possibile.

Gli incontri non sono mai casuali e se la nostra mente fosse davvero un libro aperto non avremmo il bisogno di leggere nient'altro che noi stessi.

Il futuro ci insegna a danzare da oggi per arrivare da lui preparati alla scena, non scordando le cadute di ieri, ma scordando la paura di cadere.

Pecchiamo spesso di presunzione con frasi del tipo: "T'ho capito, so chi sei, non m'inganni".

C'è solo una piccolissima parte di verità, la parte più grande la nascondiamo bene in modo da non riuscire a vederla più. Le è mai capitato di nascondere così tanto bene un oggetto per la paura di perderlo e di non riuscire più a ritrovarlo? Sa che ci sono dinamiche comuni che assecondiamo per sfuggire alle verità che abbiamo dentro? E diamo buoni consigli agli altri per evitare di darli a noi stessi. Perché per quanto le possa dispiacere che un suo amico abbia mal di testa, quel mal di testa non le impedirà di riuscire a lavorare, di godersi un film, una cena, un cinema come quando viene a lei. Ma lei non ha bisogno dei consigli degli altri, le risposte deve sentirle dentro e quando bussano deve ritrovare le sue chiavi nascoste per andare ad aprire. Nessuno potrà cercarle al suo posto. Siamo gli unici eredi del nostro regno interiore, ogni volta che decidiamo di rinascere nuovi.

Si faccia una domanda e si prenda tutto il tempo necessario per arrivare a darsi una risposta. Non è un po' troppo alto il prezzo che si paga quando si baratta il vento con la quiete per paura di rovinare il giardino? Per rendere la nostra vita un capolavoro dobbiamo comportarci come scultori con un bassorilievo, con incisioni dure, decise ma precise. Attenti alle proporzioni, alla cura delle cose, alle figure e tutto questo senza vederlo. Perché il nostro bassorilievo è l'anima. Poi rimodellare l'elemento del nostro rinascimento emozionale con uno scalpello a due mani, né troppo vicini né troppo lontani dalla galleria del cuore.

È più facile imparare a diventare eccelsi archivisti di sogni che promettenti scrittori di realtà, e sa perché? Perché i problemi al giorno d'oggi spaventano le piccole anime e così si sogna un amore in grande stile, ma ci si accontenta della superficie. Dai sogni ci svegliamo quando vogliamo, se diventano incubi spesso il cervello ci dà l'allarme giusto e apriamo gli occhi. Così si passa oltre, si ricomincia senza aver mai iniziato nulla e via.

Next stop. I sentimenti profondi in cui necessariamente dobbiamo metterci in discussione sono quelli reali, fatti d'imperfezione, di angoli smussati. Quelli non li cerca più nessuno. Li abbandoniamo sull'orlo di un sogno d'inverno scegliendo di vivere solo alcune stagioni.

Per questo l'uomo non invecchia più con l'amore. Chi non si arrende all'amore crede di vincere e invece ha perso la battaglia più importante della sua vita. Di occasioni perdute si può morire credendo di salvarsi.

L'incubo peggiore probabilmente è svegliarsi senza più il desiderio di sognare ancora progetti concreti.

Amarsi è riuscire a immaginare un futuro insieme senza trascurare i sogni presenti e curarli, farli stare attenti. Devono riconoscerlo in tempo, il momento per svegliarsi. Altrimenti si rimpiange sempre quello che non si ha più e che un tempo non si è scelto per continuare a non scegliere mai. Il passato tornerà a farsi un giro nel presente fino a quando non cambiamo dimensione ai pensieri. Fin quando cambiamo posto, città, stato, continente, il passato ci ritrova sempre. La felicità è nel nostro mondo parallelo e chi non crede che esista e che stia lì non saprà mai attraversarla. Abbiamo tutto il tempo per capire gli errori, ma non sempre abbiamo ancora tempo per riparare a un errore in particolare. A quel punto è inutile crogiolarsi in quel che non può più essere, è importante ricominciare ad essere quello che vogliamo essere da oggi. I ricordi sono lo tsunami del tempo che arriva, devasta e inesorabilmente cambia traccia alle cose. Ciò che riemerge, ciò che si salva, non si cancella più dalla memoria. Ma non sempre si può rivivere. Può girarci intorno quanto vuole. Tutta la nostra vera felicità e infelicità deriva sempre dall'amore. Rinunciare al desiderio d'amore è impossibile e di conseguenza si soffre quando lo si perde e si soffre quando si ha paura di perderlo, e per questo lo si lascia andare. L'amore è il chicco che diventa spiga. Quando ci soffermiamo dinanzi a distese radiose di spighe dovremmo sentirci un po' tutti chicchi di grano. Abbiamo bisogno di acqua, luce e sole per crescere, e dell'amore per rinascere. L'istante della vittoria è quando ci arrendiamo al cuore, da lì, dal cuore in poi, l'amore dura tutto un divenire, tornasse una, dieci volte o mai più. Forse i vuoti sono l'origine di tutto e noi siamo nati per riempirli, o perlomeno per provarci. Qual è il suo vuoto? Lo conosce o non lo conosce? Lo ha percorso fino alla fine? A volte le cose si uccidono per la paura di viverle. O magari impariamo a non credere più nell'amore quando ci convinciamo di non trovarlo mai.

Si cerca nei posti sbagliati, si fruga nei luoghi già vuoti, si aspetta su muretti diroccati. Il primo cambiamento parte da noi stessi. Qualcosa cambia fuori solo dopo il nostro cambiamento interiore. Altrimenti accade solo un diverso percorso con il medesimo epilogo. Credo che ognuno di noi possa arrivare a riconoscere cos'è che lo porta fuori strada. Perdere il controllo va bene, ma non abbandonare la nostra macchina emozionale in direzioni che la distruggono. Il problema è che ributtarsi sulla strada che termina sul precipizio non ci farà evitare di cadere nel precipizio. Diversi precipizi, ma sempre precipizi. Ci sono dei periodi che servono per riassestarci. Si deve andare piano, anche se si sa guidare bene e si è sempre guidato con coraggio. Serve per regolare il nostro minimo e il nostro massimo e bilanciarli nella direzione giusta. Imparare a guidarci nuovamente. Allora forse il panorama apparirà diverso già andando e nuove strade fioriranno al nostro passaggio, perché quella direzione non esisterà più dentro di noi, sarà una destinazione dove non intendiamo più tornare a far visita. Per questo lei è venuta qui.

XXIII

Meg andò via dalla seduta. Pioveva a dirotto. Ripensò all'idea di fuggire da Torino. Ancora una volta per scegliere una via di fuga, ancora una volta per sentirsi così brava a nascondersi nei periodi ipotetici dell'irrealtà.

– È un'arte quella di andarsene, ma certo, scapperai sempre, ma da che cosa? Quelle catene te le senti dentro ma non esistono. Nessuno può legare nessuno, solo accompagnarlo. Le mani non incatenano, i respiri non s'incatenano. La nostra paura c'incatena. Ci raccontiamo bugie per continuare a sentirci liberi. Liberi di resistere alle emozioni cosmiche, quelle che ci rendono davvero l'anima vulnerabile. C'è chi crede che basti spostarsi di posto per dimenticare tutto, per voltarsi e distogliere l'attenzione dall'amore, per soffocare i ricordi e disperdere le tracce della strada di casa. Poi c'è chi ha imparato che il vero amore è sulla strada di casa del ritorno, con la sua coincidenza perfetta già un attimo prima della sua partenza.

Nella fretta Meg rimase incastrata con il tacco in una grata.

– La felicità è maestra del salto in alto, arriva al cielo, ma si perde nelle maratone, non ha il fiato giusto per le lunghe percorrenze. Forse alcuni treni si vogliono perdere, si rallenta appositamente per evitare il giusto binario. È un modo di assecondare la paura, è un modo per arrivare in anticipo sulle gambe del destino, prenderle per farle scivolare un attimo prima del fischio di partenza. Chissà se un giorno io e te rideremo a dirotto, sotto la pioggia, lasciando tutto per riavere l'anima. Se riuscirò una volta per tutte a metter via tutto quello che andrebbe messo da parte e salvare quello che c'è da salvare. E se non c'è niente da salvare del nostro vivere, ripartire dal nostro vivere per salvarci. In un giorno qualsiasi ma unico, perché quel giorno non ci fermeremo più a chiederci come viverlo, saremo lì a viverlo senza pensare al come, al quando, al dove, e tutta quella pioggia finirà dove ricominceremo noi. Non ci servirà più nessuna scusa per essere felici.

Per togliere il tacco dal tombino la borsa le scivolò e si accorse di aver perso la lettera che Demian le aveva rimandato indietro. La raccolse e notò che alla sua lettera vi era stato incollato un altro foglio con lo scotch. Si diresse così verso un bar, chiese un caffè e prima si rilesse quanto aveva scritto:

> Vorrei che mi accarezzassi l'anima, perché anche quando è triste perde lacrime dolci ora che ti ho trovato.
> E le paure che ho dentro, tutti i dubbi irrisolti, tutto il silenzio che non avevo mai chiesto, le domande a cui non trovo risposte non contano più. Ora che ti ho trovato non vorrei più tornare a stare senza vento, vorrei che stessi con me, magari non in ogni momento, ma quanto basta per ricordarmi l'importanza del vento quando non c'è, l'equilibrio. Ho bisogno di sentirmi dire che sono splendida nonostante le mie debolezze, ho bisogno di guardare nei tuoi occhi, ho bisogno di

un messaggio inaspettato e di leggere fra le righe la semplicità. Ma voglio dirti grazie per il terrore che mi fai provare, significa che sono ancora viva. E se a volte ho paura, tu aspettami, ho bisogno di un angelo che posi le sue ali e cammini a piedi con me con sicurezza naturale.
Non sono bravo con i complimenti perché a me non ne hanno mai fatti, ma ti accarezzo l'anima, anche da lontano, anche quando non lo senti ci sono lacrime che colano all'interno degli occhi, dall'esterno non le vedi, ma sono le perle dell'anima stessa. Ora che mi hai trovato lo sai, detesto piangermi addosso.
E le paure che hai dentro, tutti i dubbi irrisolti, tutto il silenzio che non avevi chiesto e le domande a cui non trovi risposta sono i cedimenti che difendo, con una tenda su un prato, quando il vento è troppo forte per tenerti con me, e ricordartene l'importanza e l'esigenza di farlo soffiare dalla nostra parte. Sei splendida proprio grazie alle tue debolezze, al tuo essere autentica, me lo dice il colore dei tuoi occhi, semplice, inaspettato, leggero. E magari il messaggio arriva: "Voglio stare con te", mi fa terrore dirtelo, perché non voglio essere l'uomo da ringraziare, ma semplicemente l'uomo da amare. Significa che sono ancora vivo. Tutti abbiamo paura. Però tutti sogniamo una sfrenata notte di bugiarda solitudine con l'amore.
Soprattutto io e te. La nostra notte preferita deve ancora venire.
Ogni volta che ti sentirai i nervi tesi sulla pelle apri il tuo libro preferito, entraci dentro, vienimi a trovare e aspettami lì. La mente e la pelle sono sempre in contatto, sono la parte più interna e più esterna di noi. Nessun libro potrà mai contenere le istruzioni per la felicità, fosse anche di tremila pagine a sciorinare tutti i possibili perché. Ma un libro ha bisogno di ogni parola per compiere il suo viaggio. Attraverso il tuo libro preferito, potrai toccare finalmente con le mani la tua mente e comprendere che il posto più bello dove puoi appoggiarti la pelle è l'amore. Lì ti accomoderai a sfo-

gliare la felicità. È dalla lentezza con cui cadono i petali che si intuisce la bellezza di un fiore. Qualsiasi passo che leggerai diventerà un tuo passo e ogni panorama che vedrai camminando ti accorgerai che già ti fioriva dentro. Avevi solo bisogno di un giardiniere a dare l'acqua ai tuoi fiori interiori per farli crescere qua fuori.
Mi piacerebbe impostare il cervello come un telefono che cancelli i pensieri dopo la prima lettura sul display. Non ci riuscirò mai, l'ho sempre detto che di digitale ho solo le impronte sull'anima. Di tutte le vere presenze tu mi sei vera nell'assenza. Ogni volta che vorrai, mi troverai. Ti basterà passeggiare con gli occhi rivolti all'amore. Non la perderai mai la nostra luna blu. Leggimi al lume di candela di ogni limite, perché ha occhi allenati al buio la luce dell'amore. D'improvviso colerà il blu sulle nostre città e io sarò lì, dove non mi aspetti, ad esempio ad aprirti la portiera del cuore. Toccarti sarà come stringere fra le mani una supernova. Spalancare mille bocche sulla pelle e affondarci le dita, fino a mangiarsi gli tsunami dell'estasi. Nessuno sarà un bacio che non ricorderai. Ogni tua lacrima sarà una goccia di luce sulla mia pelle. Sarai abbagliante. Ti guarderai luccicante nei miei occhi ammirandoti, come uno specchio che riflette l'anima. Perché poi in fondo è un labirinto di specchi e di rose la vita, fra l'aria che muovi e quella che spezzi in un metro quadro di anima e sogni. E noi facciamo l'amore con i pensieri in lontananza, violentando le distanze per leccarci i respiri. Scopami l'anima, amore mio, muoviti da dentro perché soltanto in quei minuti il cielo non sarà più grande del mio cuore e il paradiso non sarà più lontano del nostro letto.
Arriverei a strappare il cielo per vedere cosa c'è dietro per te. L'amore mette un ordine segreto al nostro caos. Ci sposta il cuore senza toccarlo dalle vie periferiche al centro di un pensiero fisso, e tutto di noi ritorna al posto giusto. Ci si rimescola il sangue, ci si entra dentro come si entra nel mare. In quello buono, fluido d'amore, come le onde, e in quello impuro, infetto, denso di coaguli emotivi. Ed è per questo che ho tracce

di te nelle tasche del cuore. Se io fossi un vampiro tu saresti l'incarnazione del mio morso migliore. E quando il mio sangue sarà completamente confluito nel tuo, due affluenti corrispondenti nel punto estremo dell'estenuante lotta fra il rincorrersi e il ritrovarsi, solo allora i nostri due cuori riprenderanno a pulsare con il loro battito naturale. E ti sorprenderai nel trovare in me quel che cercavi in te. Che fortuna riuscire a incontrare persone con cui sei in sintonia senza dover spiegare niente. La frequenza perfetta. Sorprendersi, il terzo verbo più importante dopo essere e amare. Senti come il battito del nostro cuore assomiglia terribilmente al ticchettio di un orologio? Inesorabile, come il tempo che passa. È un crimine contro noi stessi scegliere di non annullare certe distanze. C'è bisogno di stringersi forte per sentirci ancora vivi o lasciarsi andare davvero senza rimpiangersi né stringersi più. Per me non esiste l'arte di sfiorare, l'amore o lo tocchi o lo lasci andare. Gli attimi non si possono mettere in gabbia, conservano in sé tutta la loro meraviglia. E tu ci credevi davvero che in un giorno qualunque ti saresti svegliata e qualcosa d'improvviso sarebbe cambiato? Se potessi incontrarti ancora, sai cosa ti direi? Che sei come una fede silenziosa, posso pensarti o non farlo, tu ci sei. Scordati di dimenticarlo. Quando tutto torna apparentemente in ordine, l'amore forza le serrature. È l'illusione più dolce che puoi perdere, la chiave dei sensi. Finché ci sarà altro amore nell'amore ci ruberemo il cuore all'infinito.
La felicità è un abbraccio di cristallo da cui dovremmo lasciarci stritolare. Continueremo a scriverci con ideogrammi sconosciuti per lasciarci ogni tanto intercettare e poi sparire, ripresentarci sotto altre sembianze e ridere di noi quando da analfabeti emozionali non saremo in grado di unire il suo anagramma segreto: amore. Il paradosso di alcuni sentimenti è che tanto più sono assurdi, ingestibili, impossibili, arenati in crateri lontani, tanto più sono solidi nell'essenza del rimanere.
Sei rimasta. Dentro, intorno.

– Una fede silenziosa, me lo avevi già detto, Demian. Fra milioni di déjà vu fra sogno e realtà di questo sono davvero sicura. Me lo hai detto tu. Se la felicità è un abbraccio di cristallo, voglio comunque stringerla, lasciarmi stritolare da quell'abbraccio, come mi hai detto prima che fuggissi. Quando capirai l'amore farai risorgere una stella che berrai come vita dal palmo delle mani, mentre ti scoppierà addosso. Ma per amare davvero qualcosa, dovrai imparare a guardarla, per capire se la stai guardando dovrai metterla a fuoco e per scattare la foto al futuro o perdere di vista l'obiettivo dovrai per forza fermarti a due passi dalle stelle e metterti in gioco. Anche questo mi avevi detto. Abbiamo fretta di amare, poi fretta di andare, di tornare quando non si può. Oggi lo so, oggi l'ho capito e per fermarmi a due passi dalle stelle devo correre da te. Spero che questo sia ancora il nostro tempo.

XXIV

Così Meg scelse quella domenica qualunque per dare una svolta improvvisa ai passi della sua vita.

– Pianificando ogni passo si rischia di cadere molto di più che nel lanciarsi in una spasmodica corsa verso i luoghi della felicità. Perché forse anche le lacrime condivise diventano pianeti, molteplici universi da localizzare. La loro collisione genera la pioggia delle anime, la vera emozione, una sull'altra, senza materia, senza forma, senza nessuna logica spiegazione. L'amore è illogico. O parti o resti. E non ti fermi a pensare, non decidi di partire, se parti è perché devi, se resti è perché il desiderio di andare non è talmente forte da farti impazzire il sangue. Amare una persona significa rapirle l'anima. Insegnarle quanto possa essere inesauribilmente bella, umilmente importante e potenzialmente infinita. Soffriamo spesso del non essere abbastanza rapiti, soffriamo per quella linfa vitale che si sprigiona in noi e che nessuno sa rubare e succhiare, per farcela poi assaporare di nuovo, restituendoci nuova emozione e freschezza.

Parte della nostra anima risiede nell'anima di chi scegliamo accanto. Ed è proprio lì, essenzialmente lì, che sentirai il tuo cuore battere sul marciapiede dei sensi. E se gli chiederai: "Quanto vuoi?", ti risponderà "Niente". Solo l'amore riesce a farti impazzire il sangue. Come arrivarci, mi chiedi? La via d'uscita per la paura è l'entrata, la porta è la stessa. Ogni attimo potrà essere d'amore o d'addio, dipenderà dai tuoi passi, dall'attesa, dalla partenza o dall'eterno tuo inciampare in un rinvio. Non vivi mai abbastanza finché non ami abbastanza qualcuno da vivere del tutto. Scegliamo noi di chi morire finché siamo in vita.

Al diavolo il cervello, voglio un amore vero anche se imperfetto. Le strade possono andare dove devono, ma siamo sempre noi a scegliere chi siamo. Per una volta scelgo di essere ottusamente determinata, stupidamente coraggiosa e insensatamente sicura. Lasciare la corde di sicurezza e saltare. Oggi il vuoto è illuminato. La verità ci rende liberi, l'imperfezione ci rende veri. Giorni come speranze si bucano sul vestito del cielo indossato a rovescio come tarli seriali, tutti uguali. E poi ne basta uno, il giorno in cui ti spogli di quell'insana normalità e ricominci a farteli a mano, i sogni. E ti riappropri di un inviolabile pensiero. Il tuo cuore è un ago immenso che si sente in grado di ricucire il cielo. A volte l'anima trema di dolore. Hai mai pensato alla prospettiva con cui guardi un dolore, alla sua diretta proporzione con il tempo? Ti illudi di fermare il tempo spaccando un orologio, ma mentre quando ami ci riesci e un attimo ti sembra immortale, il tuo dolore lo osservi ma non ti riesce di riportarlo indietro, di annientarlo con gli occhi. È questa la grande differenza. Mentre l'amore lo vivi, lo spremi, è un catalizzatore di energia attiva, il dolore è distruttore, è la massima concentrazione di energia passiva. Ti succhia, ti sventra e ti lascia lì. Puoi solo sperare che il tempo faccia il suo dovere, ma la verità è che il tempo nulla può contro l'amore e che le cose che credi il tempo possa risolvere può risolverle solo la nostra volontà. Le altre sono macchie indelebili sull'anima, impari a conviverci, a provare a nasconderle, ma non a distruggerle. Ti verrà allora sempre più semplice chiudere la porta per non far entrare la polvere, ma la polvere entrerà lo stesso e l'anima continuerà a sporcarsi. Tanto vale sporcarsi bene non credi?

Hai ragione, Demian. L'amore è la giusta cura per non guarire mai dalla follia recidiva dell'incanto. Non c'è un antidoto per smettere di amare, semmai il dolce veleno di amare ancora di più.

Meg prese il primo aereo per Londra, arrivò sotto casa di Demian, suonò più volte al citofono con il cuore in fibrillazione, ma non rispose nessuno. Pensò alle rose e decise di tornare al mercato dei fiori, in Columbia Road, per comprarne di rosse come il sangue e ripresentarsi più tardi a casa per dirgli che voleva fossero quelle rose il profumo della sua vita, le rose ora sporche del sangue di chi ha provato e vuole pungersi, piuttosto che restare senza fiori, senza sangue, schizzandosi addosso il bruciore di spirito per rimarginare il suo spirito più interno.

Ecco, voleva schierarsi dalla parte dei respiri, respirando le sue rose. Correggere errori di percorso, non certo quelli dell'amore. Incontrarsi nei colori a metà strada, per poter regalare un po' di sogno alla realtà e alla realtà un po' di sogno. In fondo la sapevamo entrambi fin dal principio questa cosa. Questa splendida sensazione, per darle un nome, la sensazione d'eterno.

– Tu forse la conoscevi da molto più tempo di me. Se l'anima non si fonde con il sogno, non può scoprire l'eternità di un'emozione che anche se poi finisse d'improvviso non perderebbe mai il suo senso immenso. Perché, – pensò – potrai spogliarti di tutto, ma non della volontà che ha la tua acqua di domani. Ti aspetta un gioco nuovo, rispetto all'unico che conosci e ripeti fino alla nausea, richiede allenamento per disattendere noie e apatie. Insegnerai al tuo corpo a muoversi distrattamente. La distrazione è una liberazione. Ti sembra strano usare la parola distrazione? Perché cosa succederebbe alla ragazza se per una volta riuscisse a distrarsi da quel che già sa e vedesse l'anima, creduta persa nel ripostiglio del cuore, approfittarne e scappare? Toccarle la spalla e dirle: "Adesso cerca il solo viso che mi farà tornare in te".

Mise a fuoco un banco di fiori, fissando il rosso e il blu e il loro profumo per una volta inspiegabilmente vicino, così vicino da farla sentire più donna, più consapevole. Da farle sentire profumata l'anima, intrisa di novità. Aveva sempre ferito tutti per allontanarli e spaventarli, per ferire essenzialmente se stessa. Finalmente si era punta varcando i margini di quel dolore, di quelle paure, di quel senso d'inadeguatezza. Si fermò a comprare le sue rose, incantata per una volta dal coraggio di una vera scelta, d'improvviso sentendosi toccare la schiena si voltò di scatto:

– A volte non siamo noi a trovare i sogni, sono i sogni a trovare noi, e nemmeno lo sapevamo. Ci toccano da dietro con un dito sulla spalla. Ti volti e sono pezzettini scomposti di stelline nell'aria, simili alla polvere. Il fatto è che non hanno le sembianze che ti aspettavi. Ecco perché stenti a riconoscerli.

Si sarebbe dispiaciuto molto l'infinito nel vederci soli, rinchiusi nei cassetti solitari dove vanno a finire i sogni abbandonati. Sono gli attimi che ci innamorano sempre di più. Quando amiamo nell'arco di un istante dimentichiamo il tempo, e il tempo per un istante ci regala l'eternità.

– Ti ho cercato a casa, ho suonato a lungo…

– Non abito più lì. Da quando ho associato la tua presenza alle mie cose non riuscivo più a starci dentro. Scrissi questo: "Hai segnato la mia aria con le frecce dei tuoi sguardi". Si dice che le pagine della nostra vita non si possano strappare, ed è verissimo. Eppure se fossimo davvero un libro e lo rileggessimo, secondo me cambierebbe continuamente e non avrebbe mai lo stesso finale dopo ogni esperienza che si aggiunge alle precedenti. Chissà perché tu resti. In questa casa troppo stretta per due vite, troppo larga per una sola. Il momento in cui hai la netta percezione che una storia sia finita è quando un silenzio improvviso ti rimbomba nella mente, guardi la tua casa e prendi consapevolezza del fatto che chi ami non ci entrerà più, per sua o tua volontà che sia, non ha importanza. Avremo nulla, ma è ciò che preferisco, nulla per non avere tutto. Perché da domani avrò bisogno di molto di più, sì, molto più di quel che ho avuto ieri.

Ci si sveglia un giorno d'improvviso e non ci si riaddormenta più.

"Se ti rende felice perderlo fai pure", pensavo. Ma perché se ti rende felice ti senti così triste?

"Ma tu se vai perché resti qui?", mi chiedevo.

Di fumare ho smesso, di amarti ancora no.

Ho scelto questa fine perché pensavo che la fine portasse a quel dolore definitivo non in grado di riacuirsi mai più. Mi sbagliavo, certe fini sono inizi infiniti.

L'amore è la parte indispensabile del tutto.

– Dunque se hai cambiato casa la percezione di un futuro fra noi non la vedi più?

– Credi nel destino?

– Sì.

– Ecco, ora smetti. Credi in noi. Sono così totalmente io quando sono con te che mentre ti ho mi perdo fino a dimenticare che potrei perderti. Anche se sei nata dopo di me devi aver aperto gli occhi al cielo qualche istante prima, per farmi strada nel tuo cuore, filo d'erba al vento dei miei pensieri. I miei sogni se hanno un incubo si svegliano e chiedono di te. Poi si riaddormentano e ti sognano ancora.

Demian tirò fuori dal portafoglio una fotografia di Meg, una foto che le aveva scattato proprio in quel mercato. Meg la prese, era tutta stropicciata, odorava fortemente di cuoio. La girò: "Oggi so che i sentimenti più forti sono già ghirigori nell'anima appena nata fino a prendere per mano il tuo corpo e formarlo e portarlo a spasso nel tempo. Un disegno indelebile anche se butti il quaderno, anche se per qualche motivo non ne completi le pagine. Se finiscono non muoiono, sono buchi neri dentro. Un attimo, un pensiero, un ricordo e ti risucchiano in un vortice infinito. Devi tenerti a debita distanza dalla tua mente. Così, ascoltandoti parlare, sentirai spesso dentro la sua voce ridere di te, quando a tutti racconterai di averla finalmente dimenticata. Ti accenderai una sigaretta davanti allo specchio e guardandoti la vedrai. La rivedrai passeggiare ancora con te nei tuoi labirinti di rose interiori, fra le righe della tua storia. Mi piacerebbe che ci fosse ancora un tempo in cui darci del noi. Un tempo in cui imparare a memoria le declinazioni del sole ed essere abbracciati da un'ombra, l'unica capace di far tremare il corpo di un uomo quando tutto il mondo scivola di fianco e resti tu".

Poi Demian le porse un foglio composto di tanti piccoli pezzi di carta di colori diversi: – Sai cosa mi sarebbe piaciuto? Leggere un libro con te. Andarlo a scegliere insieme in libreria. Entrando insieme, per mano. Poi liberarci come cani sciolti, a fiutare emozioni. Darci un tempo, senza tempo. Tutto il tempo necessario per tornare all'appuntamento.

Lì, accanto alla cassa, con l'espressione di vita stampata sul volto.

Noi e l'amore in mondovisione.

Sorriderci con gli occhi sapendo già quale musica mettere in auto nel viaggio verso casa. Annusare il nuovo con la consapevolezza di tutto il già letto che ci aspetta, ansioso di farci aggiungere nuovi capitoli allo spazio di un destino comune.

"Cosa hai preso?", sussurrare senza parole.

E tu lì a mostrarmi la tua scelta, poggiandola sulle mie mani, sopra il libro scelto da me per te.

Avrebbe potuto addirittura essere lo stesso. Quasi sicuramente non lo sarebbe stato. Ma avremmo potuto prenderli tutti e due e decidere quale iniziare per primo subito dopo un caffè.

E invece l'amore ci rende strani nemici.

Non c'è più spazio per leggere insieme e allora prendo un pastello e coloro le figure, quelle belle e quelle brutte, quelle che passano, si fermano, quelle che restano ombre, quelle che si dissolvono asciugate dalle differenze.

Ti disegnerei i bordi come un cartone animato, entrerei nel libro dopo averti disegnata, ma non a modo mio, non per cambiarti, ti disegnerei così come sei.

Tu mi diresti che non sei così, non ci rassegniamo mai con facilità ai piccoli difetti dell'anima.

La crediamo perfetta, ma non lo è perché è nostra e noi non lo siamo.

E mentre agosto si fa settembre troppo in fretta, mi accorgo che stranamente quest'anno non mi dispiace poi tanto.

Questo svela la sottile insoddisfazione, le impalpabili malinconie, il desiderio di sovvertire il "bel tempo" dell'inadeguatezza verso un autunno sereno.

Guardandoti ho pensato che son nato per perderti.

Ho lasciato i miei sogni nel sogno.

Cambio rigo, ma ancora ti scorgo.

Mi piacerebbe scordare chi eravamo per rincontrarci come siamo.

E tu cercami in trentaquattro anni di cassetti, in mezzo ai cambiamenti, per accorgerti che mi hanno reso uguale.

E poi richiudimi che forse non è più tempo per le favole. Ti scrissi questo molto tempo fa, quando cambiai casa, ma decisi di non spedirlo mai per non disturbare la tua vita. Immagino che tu possa trovarci infiniti déjà vu.

Se avessi meno chilometri di pensieri arriverei solo prima a pensarti. Il pensiero si misura dalla strada che siamo capaci di accorciare e non dai muri che mettiamo per evitarla. Ma per amarsi davvero si deve smettere di sentirsi sbagliati.

– Per questo oggi sono qui, ho smesso di sentirmi sbagliata.

XXV

Meg baciò Demian con una sicurezza probabilmente mai avuta prima, quella sicurezza fiera ma non sfrontata che ti dà solo la presenza di quello a cui per niente al mondo arriveresti a rinunciare.

– Faccio in tempo a prendere questo treno o è già partito? È in orario lo scalo per il nostro paradiso? Dovrei prendere una coincidenza improbabile. Perché io so che se tardassi la perderei per sempre, non sempre ci sono altre occasioni. E ho imparato che nella vita non ci si può offrire così a chiunque, che bisogna scegliere chi e cosa conta e curarsene e per questo sono tornata. So che nel tempo dobbiamo arrivarci in tempo, in orario, puntualmente. Ho buttato via quelle certezze presuntuose, quelle assurde convinzioni di non potersi perdere mai, per questo sono qui. Il punto debole dell'amore è tornare per amore. Quel punto ha in sé la sua massima forza. Allora forse oggi abbiamo ancora abbastanza carburante per l'amore?

– I superstiti di un sogno possono andarsene a casa da soli o insieme. Credo di sì. A portata di mano abbiamo ancora la maniglia che apre lo stupore di tanta intensità. Perché forse il nostro piccolo sogno finito... si trova dentro a un grandissimo sogno infinito ancora da esplorare.

Vengono i crampi alla vita, in una bella giornata di sole a guardar piovere dentro, a voler buttare fuori l'arcobaleno, la magia, secoli di rabbia, attimi d'immenso. Riprendere fiato, ripulire il respiro e chiedere all'amore di entrare come un debuttante entra all'esordio della primavera. E sentire d'improvviso l'applauso del vento.

Non siamo nati per rinunciare alle farfalle. Il più bel ricordo che vorrei avere con te? Domani. La nostra notte preferita deve ancora venire.

Esistono amori così immensi che il vuoto si nasconde per vergogna. I miei quattro punti cardinali sono orientati nella quintessenza di un solo punto, la tua anima. Adesso, ad esempio, anche l'aria mi sta guardando coi tuoi occhi.

Voglio farti una sola domanda. Io so che tu salvandomi mi liberi, ma io liberandoti ti salverò? Sai, quando qualcuno si avvicina alla tua vita per rassicurarti ti dice: "Non ti farò del male". Ma io vorrei lasciarti ancora un credito con la vita, farti tutto il bene possibile, farti raggiungere l'estasi, il culmine, condurti oltre senza lasciarti, per giungere al principio e aspettarti lì, a dimostrarti che c'è un senso a questo incontro già concepito dall'amore, un disegno circolare già stabilito dal cuore che ti riscrive i sogni e ti ripopola di meraviglia. Le occasioni dell'amore sono brividi o lividi. Coglierle è fortuna, trasformarle in storia è coraggio. Ciò che nella vita è vocazione non lo mettiamo mai da parte, fa parte del nostro dna. Per cui una vocazione è ancor più che una priorità. L'amore che sai di avere è sempre dove tu vivi, perché è lì che ami e non altrove. Per questo puoi spostarti dappertutto, viaggiare in ogni luogo, cercare all'estremità dell'anima nuovi continenti inesplorati. Se non hai l'amore dentro ti affaticherai soltanto i muscoli, ma di lui mai ne scorgerai alcuna traccia.

– Stavolta sono io che non voglio lasciarlo andare l'amore, perché in fondo so che comunque sia non mi lascerebbe mai, anche se me ne andassi, anche se scappassi per sempre. Mi allontanerei da tutto, da tutti, da me stessa tranne che da te.

– Allora prendi il mio meglio, prendi il mio peggio, impastali insieme e poi amami, solo così potrai dirmi ti amo veramente.

Meg lo ribaciò di colpo, affidandosi all'istinto del suo sentire, proprio, come la luna.

– Perché non ci sono più le lucciole?

Forse perché gli uomini hanno smesso di sognare e loro senza sogni muoiono. Ma ho visto sorgere i tuoi occhi nella luna sfacciata di stanotte. È piena di noi. Ed è per questo che sono un po' oceano, grazie all'immenso colore dei tuoi occhi.

Ci risveglierà in un quadro di rose, il nostro amore.

C'è una parte sempre in fiore in noi, che si rigenera anche mentre provi a raccontarla. E tu, ragazza in fiore, non dire mai a un uomo: "Sei mio", se non gli hai messo le mani nel cuore.

Demian prese la mano di Meg e la spostò sul suo petto.

– Déjà vu – disse Meg ridendo. – Sai, una volta il terapeuta da cui andai quando son fuggita via da te e da Londra mi disse che forse i vuoti sono l'origine del tutto e che noi nasciamo per riempirli. Mi chiese se lo conoscevo il mio vuoto, se lo avevo percorso fino alla fine.

– Non è importante, amore mio, quale sia il tuo vuoto, perché tanto è dall'altra parte che io voglio condurti. Per mostrarti l'altro incanto del tutto, la normalità che se è fatta di amore e complicità è davvero fantastica. Forse la magia esiste. La magia è quel riuscire a spalancare la porta della percezione che mette in comunicazione due mondi distanti e dove finisce la pioggia comincia finalmente il tuo cuore. Puoi anche non chiamarlo amore se vuoi, se la parola ti sembra troppo grossa o troppo piccola per mettere fine o dare inizio a tutte quelle resistenze che attanagliano i corpi. Ma sai, l'amore va oltre i corpi. È un segreto antico nell'anima che si svela d'improvviso attraverso un incontro, non perfetto ma assolutamente insostituibile. E così se anche non avessi creduto nell'amore avrei creduto in te.

– Fino a quando vuoi restare con me? Sì, lo so, sono un'ingenua, è una domanda stupida ma...

Demian sfiorò le labbra di Meg con le dita e un petalo nella mano.

– Ti chiedo di restare fino a quando non mi insegni una canzone che non so. Ti chiedo di restare fino a farti imparare una canzone che non sai. Si chiamerà *Le fil rouge*. Noi, perduti nell'osteria dell'anima a degustare vino rosso sangue insieme al nostro pane integrale di follia. E domani giureremo di non averla mai sentita per ricominciare a impararla ancora. La presenza è il linguaggio dell'amore, tutto il resto è cattiva traduzione.

E a Meg non tornò solo in mente una frase, percepì la felicità come sensazione viscerale sulla pelle. La felicità è l'orgasmo dell'anima.

– Volevo solo guardarti dormire, la più pura, vera, grande magia che mi accadde fu questa. Seguire per tutta la notte il ritmo del tuo respiro, senza toccarti. Ti amavo già, me ne accorsi da questo, da questo spietato desiderio. E la paura d'innamorarsi di qualcuno, l'ho capito in quell'istante, è già un po' amore silenzioso. Se potessi addormentarmi e risvegliandomi cancellare tutti i miei errori e ricominciare da zero, saprei sempre ritrovarti. Ricomincerei dal primo battito nato pensandoti e saresti l'unica cosa che non correggerei, né col rosso né col blu. Se non sei tu l'amore, l'amore non esiste.

Mi sono trasferito da un luogo all'altro di me e girando e girando ho capito che continuavo a cercare l'unico luogo che dentro non ho. L'unico luogo in cui mi sentivo a casa ovunque io fossi.

Era quando abitavo te, era dentro di te.

Si respira meglio stando dentro chi amiamo che dentro noi stessi. L'amore ci arreda la mente in modo differente e dona eleganza all'anima e io ho imparato la geografia attraversando il tuo corpo.

– Non cambierà mai la geografia di certi sguardi.

Ho finalmente capito che solo il coraggio dei nostri sogni li può fare incarnare. Dietro l'apparenza delle cose ci sono strade, scale e porte di percezione che ci conducono a nuovi universi che nemmeno sapevamo di avere dentro. Non esistono sogni migliori della realtà, se la realtà ci si presenta di fronte finalmente come la sogniamo. Una lampadina ha il colore ma non la luce della luna. Il brivido è nella luce, non nel colore. Il brivido è l'unica salvezza per l'anima, perché non potrà mai essere artificiale. Si sdraia accanto a noi e ci sussurra: "Fidati di me, ti porto dov'è morbida la vita".

Quando ogni tanto non capisco più nulla e mi domando di quanti cerchi sia composta la mente, quanti piani di realtà esistano, quanti di sogno, mi rendo conto che le forme della paura sono quasi infinite, e invece la forma dei sogni è una soltanto, quella del coraggio. E tutte le luci della nostra casa saranno gli occhi del mondo. Che poi forse non averci provato mai è il finale più scontato e banale che possiamo scegliere di dare al libro della vita. Il punto e basta, l'impossibilità di offrire un seguito all'anima, spegnerla prematuramente, smettere di farla vibrare. Mi sono accorta di quante cose ho perso stupidamente ancor prima di trovarle, continuando a fissare da lontano le finte certezze di quei puntini grigi che mi sembravano ancora bianchi, ancora da sporcare. Ma fino a che non scopri un mondo diverso dentro te, tutto è asfissiante, preoccupante, una scelta porta a un ostacolo, l'altra scelta a un altro. Per comprenderlo a pieno ci si deve innamorare. Forse è l'unica via che non aggira gli ostacoli, le va incontro nonostante ci si possa fracassare il cuore su possibili inganni. E in mezzo a tanta confusione l'amore è una luce, la più brillante, è Sirio, la stella più luminosa, la più vicina agli occhi ma anche la più difficile da continuare a guardare nel tempo. Perché per un difetto visivo interiore, quello peggiore, alle cose troppo vicine agli occhi non si dà mai la giusta importanza. Perché perdere di vista l'essenziale è la cosa che assurdamente ci capita più spesso. Non so se sia una scelta o meno, forse è solo un diverso modo di guardare la vita. Abbiamo una vita sola. Regalando il nostro tempo, regaliamo la nostra vita. Di più prezioso non abbiamo niente.

– Non ho molto, ma vorrei che fosse tuo perché è tutto quel che ho. Scambiamoci l'anima in sogno, così saprai che non mento.

Cosa ti avevo detto, Meg? Sei rimasta. Dentro, intorno. La mia fede silenziosa, la mia colonna sonora muta. Posso pensarti o non farlo, tu ci sei. Perché l'amore è soltanto così, se è un po' meno di troppo già non basta.

– Déjà vu.

– Riportami a casa.

– Quanto è grande la tua casa?

– Se lo spazio interiore è condiviso diventa infinito.

– Dove affaccia la tua casa? Sul mare, sul lago, su un giardino, sulla strada?

– La mia casa? Si affaccia sulla tua vita.

In ogni posto io mi trovi sono sempre a casa quando abito te.

La mia casa è dentro di te.

– Aspettavi una donna?

– Aspettavo te. Perché spesso tornare a casa vuol dire rientrare dentro sé dopo essere stati troppo a lungo fuori da se stessi.

Alla fine dei giochi non cambierei niente, nemmeno gli arrivi derisi o le false partenze. Perché sei la prima donna ad essere arrivata sul mio pianeta senza farmi le carte per scoprire il mio segno, nel tempo intatto delle due costellazioni dei tuoi occhi.

Tu, il mio pianeta privato dove rifugiarsi ad attendere l'alba.

Ti ho amato dal primo sguardo senza tradirlo mai, neppure da lontano, nemmeno in altri occhi. Perché il mio sguardo è tuo e tu non sei mai così bella come quando guardi me. Ho capito che quando si dice a qualcuno: "Ho fame dei tuoi occhi", non è semplicemente l'espressione di un desiderio. Noi non siamo nati per alimentare soltanto il corpo e alcuni occhi sono l'alimento primario per la nostra anima. La nutrono, la rigenerano e le ridanno una forza incredibilmente vivida, anche da lontano. Occhi a cui dire: "Non chiedo niente in cambio o forse a voi chiedo tutto, perché da voi dipende la pace del mio mondo". Sei il mio sogno che dimentico per rivivere al risveglio.

Vedi? Cerco i tuoi respiri in giro nell'aria. Qualcosa che non si sgretoli, che regali ossigeno alla mia apnea emozionale. In una semplice parola: *te*. E oggi sto in quei silenzi irriverenti, quelli che non sanno tacere, e nelle parole del silenzio, timidi sguardi di verità. L'amore arriva per mettere a soqquadro tutte le nostre finte certezze. Giunge da un posto vicinissimo al cuore e lontanissimo dalla mente, il senso di un sospiro, collocato esattamente a metà fra sterno e cervello. E così crediamo spesso che ci sia qualcosa che ci sospinga verso l'uno o verso l'altro. E invece no. Da lì nasce e da lì sale e la nostra mente ce lo ributta giù e ci misura il cuore, quando qualcuno diviene l'anima del nostro mondo. Poi sul diaframma volano farfalle e musica, intoniamo emozioni e spezziamo corde di dolore. Ma mente e cuore a volte si confondono, per fondersi poi irrimediabilmente e arrendersi. Perché se il cuore è un muscolo intelligente ed è l'ultimo ad arrendersi, la mente consapevolmente si arrende al cuore. Così, viaggiando nel tempo, nei giorni, conosci milioni di anime. Ci parli, sorridi, le guardi, di tanto in tanto ti fermi, ricambi gli sguardi. Poi però riprendi il tuo cammino. D'improvviso ne incontri una che stravolge il senso del tuo percorso per sempre, mobilita inevitabilmente le vecchie prospettive territoriali e oserei dire anche l'origine del tuo cielo, la direzione dei tuoi occhi. Dopodiché nulla sarà più maledettamente uguale. Mai più. E nel preciso istante in cui te ne accorgerai, capirai perché da tutto il resto sei sempre andato via. A cosa servono le parole se non si dicono e a cosa il tempo se non si spende attraversando con i passi le distanze che separano i corpi?

A me non basta essere semplicemente il tuo tutto, voglio essere anche il tuo nulla, cosicché quando avrai la mente alienata in un deserto di paure sarò il cartello a indicarti la strada del ritorno.

Ci sono mani che le guardi e ti salvano, eventi straordinari per la loro semplicità. Si muovono e spostano pianeti. E sguardi cosmici che ci sono anche quando non ci sono. Una bellezza ultraterrena, la vera eleganza dell'anima. Una felicità malinconica e perfetta che nemmeno puoi spiegare, ci perdi dentro le parole. Resta mani e sguardi. Respiro di carne, vivo. Casa è ovunque si abbia voglia di tornare, ovunque ci sia la curva del vento a farti fermare. È un lieve sollievo, un dettaglio emotivo che ci viene incontro a cambiare le cose. E alcuni desideri si avverano al tramonto, sul mare emozionale, un attimo prima della chiusura delle ciglia, leggeri sull'incanto, a ricordarci che non ci dimenticano se non siamo noi a scordarcene, a ricordarci che non c'è un'ultima spiaggia per l'amore.

La vita è così, lente giornate tutte uguali ed emozioni improvvise che trafiggono il respiro. C'è chi ti ruba l'aria e chi te la ridà, dosandola in quel modo così perfetto da insegnarti a respirare.

Postfazione

Di me ti diranno che sono un folle recidivo, che credo in qualcosa di esclusivo, che no, che non credo a quel che dico, che chissà cosa si nasconde nel mio cuore. Te lo dirà chi sta sempre con qualcuno, ma mai davvero con nessuno.

Di me ti diranno che la gentilezza ha sempre un doppio fine, un tornaconto, uno scopo preciso. Te lo dirà chi è davvero sfortunato perché non ha mai incontrato nessuno capace di donare senza chiedere in cambio qualcosa.

Di me ti diranno la loro presunta verità senza avermi mai incontrato, parlato, senza sapere neppure un briciolo della mia storia. Te lo dirà chi del suo cuore non si fida e per questo non saprà mai fidarsi di quello degli altri. Ma porto in me la bellezza di chi sa chi sono. E questa è la mia forza, e questo è il mio dono.

Se hai finito questo libro sei anche tu un po' come me, per questo qui dentro c'è una dedica anche per te. Chiunque tu sia, un piccolo mondo in miniatura che ha scelto di tenere un po' del mio mondo sul comodino con sé.

Dice una leggenda che se non riesci a dormire la notte è perché sei sveglio nel sogno di qualcun altro. Io credo che se una persona entra nei tuoi sogni durante le tue notti è entrata già nei tuoi giorni a tua insaputa. E tu non ripulire la mente se al mattino ti svegli da un sogno a metà. I sogni che tornano sono il tuo destino_

Indice

Grafiche del Liri s.r.l.
Via Napoli, 85
03036 Isola del Liri (FR)
per conto di Lit Edizioni Srl
Largo Giacomo Matteotti, 1
Castel Gandolfo (RM)